新潮文庫

思い出の作家たち

谷崎・川端・三島・安部・司馬

ドナルド・キーン
松宮史朗訳

新潮社版

11141

目次

思い出の作家たち

谷崎・川端・三島・安部・司馬

まえがき

　本書で論じる五人の作家と、私は面識があったばかりか会うこともしばしばだったが、五人すべてを友人と呼ぶにはいささかの抵抗がある。それは意見の相違があったからではない。まず谷崎と川端の場合、私とは歳が離れすぎていたので、その間柄も〝友人〟であるよりは年少の崇拝者に二人の文豪が示した再三の親切と解釈したほうがよかろう。そこへいくと三島、安部とはまさに親友であり、長年にわたり幾多の交遊をもった。司馬の知遇を得たのは他の四人よりは数年遅く、また会う機会も比較的少なかったが、私は彼のことを友人だったと思っているし、まぎれもない恩人でもある。

　日本の文学および文化研究のため私が来日したのは一九五三（昭和二十八）年であった。それがどれほどの幸運であったかを言っておかねばなるまい。当時、日本文学を学ぶ外国人留学生はほんの数人しかいなかったから、高名な作家も、おそらくは好奇心にかられたのであろうが私のような留学生を喜んで自宅に招き入れ、時間も気にせず接してくれたものだ。

ところが今日、日本で学ぼうとする留学生にとっては、たとえ当時の私以上に日本語を解し、日本文学にいっそう精通している者であっても、研究対象である作家に直接会えるという気やすい情況は最早ありえない。日本語を流暢にしゃべる外国人など珍しい存在ではないし、作家は作家で他の日本人の例に洩れず、五十年前よりもはるかに多忙で、おいそれと留学生に会う時間などないのだから。

私がもう一つ幸運であったのは、京都に住み始めてまもなく、後に文部大臣にもなり優れた業績を残した永井道雄と偶然出会ったことだ。そのお蔭で彼の幼なじみの中央公論社社長、嶋中鵬二とも出会い、多くの作家を紹介されるに至るのである。日本の文学世界へと足を踏み入れるのに、これ以上の道はあり得なかった。

もっとも、作家を知る機会が与えられても、そのすべてを十分に活用できたわけではないことも告白しなければならない。たとえば、正宗白鳥――作家であり評論家でもあったこの人物について私は後年、執筆することになる――との失望に終った対面。ある日たまたま白鳥と私は同じレストランをほぼ同時に出たのだが、それを目にしたカメラマンが私たちを呼び止め、写真を撮りたいので自然に写るようにおしゃべりをしてくれと言う。私の頭には正宗白鳥という名前がぼんやりと浮かんでいたが、作品は一度も読んだことがなかったから、どう話しかけたものやら見当もつかない。白鳥にしても、私のことを知らないのは分かりきっていたし、話などあろう筈がない。私たちは並んで立ったまま、数分間の息苦しい沈黙に包まれた。カメラマンもようやく、それ以上の注文をあきらめて撮影したのだが、お互いを意識して緊張し、むっつりとカメラを睨む二人の写真が、「東京新聞」に掲載される結果となった。ところが数カ月後、詩人の石川啄木について研究を進めているうちに、白鳥が啄木とは相当親しかったことを知った。もしあの時、啄木について尋ねていれば、かなり興味ぶかい話も聞けたことだろうに。私は機会を逸し、二度と白鳥と会うこともなかった。

これだけではない。せっかくの機会を何度逃したことか。しかしながら、後年の自分の著作で取り上げることになる作家と知り合えたかもしれぬ生涯ただ一度の機会を無知ゆえに逃した回数など、いくら数えてみても仕方がない。

幸いなことには、自分の前に現れたすべてのチャンスを逃したわけではなかった。なかでも本書で取り上げた五人の作家と知り合えたことは、とりわけて幸運だった。ところが、その思い出の作家たちと交わした会話を忘れることもあるのだとは夢にも思わなかった私は、メモも残さず日記もつけなかった(忌ま忌ましい!)。もちろん覚えていることも多いが、忘れてしまったことは残念ながらそれ以上であろう。もし、私の記憶がもっと優れているか、日記が残っていたとするならば、拙著『日本文学の歴史』近代・現代篇に記した以上に新鮮な、谷崎、川端、三島らの知られざる逸話を披露できたであろうに。本書のこの三人の章には、それぞれの作品についての記述を私のこれまでの著作からあらためて用いたが、私の著作の膨大さに怖じ気づく人にも、この本なら読んでもらえるのではないかと思っている。異なる文脈の中でなら反復も大目に見られるだけではなく、むしろ喜ばれるかも知れない、とも。

谷崎潤一郎

日本で暮らすようになる一九五三（昭和二十八）年より前に、私が現存の日本人作家で名前を知っていたのは、谷崎潤一郎ただ一人である。現代日本の文学になじみが薄いのは、当時の外国人にとっては無理からぬことであったが、私の場合はもう少し事情に通じているべきだったかも知れない。コロンビアとハーヴァードの大学院で日本文学の研究を重ねた後、ケンブリッジでは五年にわたり日本語の授業の教鞭を執ってさえいたのだから。すでに上梓していた三冊の著作には日本文学概論の *Japanese Literature*（『日本の文学』）も含まれ、その一章「欧米の影響を受けた日本の文学」では谷崎のいくつかの小説には言及しながら、他の現存する作家は誰にも触れていない。

そんな不遜な態度を示した理由はいくつかあった。まず、いかなる言語で書かれたものであれ、私は現代文学よりも古典文学を好むからである。おそらくこれは、コロンビア大学に入学した年に受けた西洋古典(ヒューマニティーズ)の講義の影響と、偉大な書物こそ叡智(えいち)に達する礎(いしずえ)であると説き、私を鼓舞した恩師、マーク・ヴァン・ドーレンへの敬意に基づいている。また私が在職した頃のケンブリッジで文学研究といえば、まず例外なく過去のことの研究であったし、さらに決定的なことには、日本文学で読むべき翻訳があるのは古典だけ、というのが実情であった。

ではなぜ、谷崎を格別に意識するようになったか——。名作『刺青(しせい)』を含むいくつかの作品を、英訳か仏訳かで読んだ経験があり、さらに戦時中にはハワイで、これは日本語で『痴人(ちじん)の愛(あい)』を読んだ。しかし、なにより重要だったのは、アーサー・ウエーリから一九五一年に蔵書を贈られたことである。私が中国語と日本語の研究を始めて以来、一貫して影響を受け続けていた偉大な翻訳家であるウエーリとの面識を得たのは私自身が英国に住んでいる間だったが、ある時、全三巻の『細雪(ささめゆき)』を頂戴(ちょうだい)したのだ。それは谷崎が自らウエーリに贈ったもので、当時のどの書物よりも見るからに上質の紙が使われ、谷崎からアーサー・ウエーリへの献辞まで記されていた。この作品でたびたび『源氏物語(げんじものがたり)』と比較されていた谷崎が『源氏物語』の翻訳者として名高いウエーリにこの本を贈ったのは、もちろん『細雪』英訳への願望があってのことだったろう。もっとも、ウエーリには翻訳の意思はなく——彼が最後に日本文学を手がけてから数年が経っていた——読み終えたその三巻を私がいただくことになったのである。当時の英国では通貨制限が施行されており、日本から書物を入手するのは困難な時代であったから、贈られた本を手にした喜びは大きかった。

私はその第一巻をたずさえて、戦後初めての東洋文学者会議が開かれたトルコへ、三人の友人と共に英国製ジープのランドローヴァーを駆って出かけた。その道行は私の生涯でも忘れ難い旅の一つとなった。ジープを載せた飛行機で英国の南端からフランス沿岸に飛び、フランス南西部に下ってイタリア、ユーゴスラヴィア、ギリシャを過ぎ、ようやくトルコへ到着したのだが、その間、ジープの後部に座った私は、砂ぼこりの道でも、戦争で橋が破壊された川を渡りながらも、可能なかぎり『細雪』を読み続けたのである。車が走行中に跳ね上がるたびに読書は妨げられたし、作中の人物が使う関西弁も困惑の種だった。トルコへの道中で、日本語理解の手助けをしてくれる日本人に出くわす筈もない。それでもあくまで読み続け、英国に帰ってから続く二巻をも読みあげて『細雪』が傑作であると確信した私は、一九五三年春に英国で出版した先述の日本文学概論 *Japanese Literature* でもこの作品に言及した。

一九五三年末、日本留学の夢がフォード財団によって実現の運びとなる。ほとんどの留学生は東京を選んだが、私は京都を選ぶ。谷崎が住んでいるから、というのも京都選択の理由の一つであった。そして日本到着後、どうすれば谷崎に会えるだろうかと思案していた私に願ってもないチャンスが訪れた。東京在住のエドワード・サイデンステッカーを訪ねると（私たちは海軍日本語学校在籍中に知りあった）、ちょうど『蓼喰ふ虫』の翻訳が完成したところで、日本の郵便事情をあまり信用していなかったサイデンステッカーから、君が京都に戻る時に訳稿を谷崎に届けてくれないか、と頼まれたのだ。

もちろん、私にはそれ以上の喜びはなかった。やがて訪問を約束した日、私は訳稿を届けるべく下鴨の谷崎邸（後の潺湲亭）に向かった。みごとな和風建築だった。晩夏の一日で、谷崎を待ちながら庭園を愛で、時折り響く音に耳を傾けていたが、後にそれは鹿威だったと知る。流れ落ちる水がそれを杯のように受けた竹筒に満ちると、まるで木片と木片を打ち合わせたような音を鳴り渡らせて鹿を追い払うというその仕掛けの音が、京都の夏の暑気の中に涼しげに響いていた。

和服を着た谷崎がほどなく現れたが、以後も私が会った谷崎は、たいてい和服姿だった。彼のほうから、こちらの研究内容について訊ねられたりもして、たぶん一時間ほどは気楽な調子でおしゃべりしただろう。実はその時にはまだ、谷崎が来客嫌いで知られているとは、私の知識になかったのである。さらに、彼はそもそも男性一般にまったく興味を持っていないとも。もっとも谷崎は、私のような男性客と会話をする時も気持ちのよい態度をくずしはしなかったが、その表情が本当に華やぐのは、そこに女性が姿を見せる時だった。いつだったか本人から、戦争以来、京都では男の友だちが一人も出来ないのだと聞かされたことがある。当然ながら、京都を舞台にした谷崎の小説を卓越したものにしているのは、彼と交際のあるご婦人方をモデルにしたと覚しき女性の登場人物たちなのである。

初対面の時ですら谷崎は自作について気軽に語った。私が『細雪』に書かれた出来事について詳しく訊いた時も、彼は何らの躊躇もなく、ほとんどすべてが実際に起こったままだと断言した。あの作品はまったくの創作なのだとか、様々な出来事を綯い交ぜにしたのだとか、小説家たちがいかにも示しそうな反応を私は予想していたのだが。後年、谷崎の葬儀でも、まるで『細雪』の一場面が甦ったかのような情景が現れたものだった。あの小説の主人公たる四姉妹の原型になった四人が、一人ずつ焼香をしていたのである。私自身もまた、谷崎の死去を知って動揺し焦るあまりに、松子夫人に宛てたお悔やみの電報に、「松子」とではなく『細雪』に登場する次姉の幸子と宛て名を書いてしまったほどである。この小さな失態には、私が作中人物と夫人をまったく同一視していたことが、はからずも例証されている。ところが谷崎はしばしば、自伝的作品を書く作家を軽蔑し、創案こそが小説家の仕事だと確信していた。

何度か谷崎邸の晩餐に招かれた中でも、忘れられないのは格別に豪華な鯛のご馳走である。なんでも、鼻の頭にこぶのあるその鯛は鳴門の渦潮を泳いだものだといい、谷崎家の食卓に供される多くの美味の例に洩れず、会ったこともない谷崎崇拝者からの贈り物だった。日本一のグルメであった谷崎の許には多くの人々から逸品が寄せられ、彼自身も食材の調達には万全を尽した。京都の冬の寒さを逃れて熱海に移った時、口に合うものが何もないと落胆した果てに案出した手だては、毎日、特急「はと」の座席を食事用に確保し、京都駅であちらの誰かが料理を列車に載せ、熱海駅でこちらの誰かがそれを受け取ることだった。

谷崎は別世界の人として認知されていたのである。福田恆存の記述によれば、終戦直後のごった返す列車の中で、四人掛けの対面座席に谷崎夫妻と夫人の妹が三人で座っていたが、残る一つの空席はいつまで経ってもそのままで、敢えて座ろうとする邪魔者は一人としてなかったという。乗客はそこにいるのが谷崎だと気づいていたわけではなく、また谷崎のほうでも人々を隣に座らせまいとしたわけではあるまい。混乱を極める車輛の中で、そこにだけ漂う三人の気品が別世界の秩序を保っていたとしか思えない。

私にはその情景が頭に浮かぶ。着古した軍服や合成繊維の衣服をまとった乗客たちとは対照的に、見るからに上等な和服に身を包んだ三人が、それをひけらかすでもなく、穏やかな談笑に興じる姿が。時折、谷崎夫人がハンドバッグから小さな菓子を取りだして、夫や妹に渡したりする。感銘を与えるつもりなど露ほどもないのに、この三人は押し合いへし合いの真ん中で、気品が姿を現したかのごとく乗客の目に感銘ぶかく際立(きわだ)っている。その洗練された物腰は、かけがえのない何かが、悲惨な戦争や戦後の窮乏を生き抜いたことの証(あかし)でもあった。

若き日の谷崎を見れば、まさしく彼が、老境に至ると日本の伝統美の体現者へと変(へん)貌(ぼう)を遂げる日本人の典型であったことが分かる。谷崎は明治十九年（一八八六）、東京に生まれた。彼の父は、手がける仕事のすべてに失敗した敗残者だった。谷崎の小説に父親が登場することはめったにないが、母親のほうは娘時代はもちろん、はるか後年まで美貌で知られ、谷崎をめぐる数ある回想記の中で際立つ存在であるばかりか、理想の女性像として、母への思慕をテーマにした諸作品の源泉となっている。早くから聡明(そうめい)さを発揮した谷崎は、クラスでは常に首席で、八歳にして日清戦争の勝利を祝う漢詩を詠じている。谷崎少年に天賦(てんぷ)の才を認めた教師が彼を庇護(ひご)し、仏教関係の論文や西行(さいぎょう)歌集、カーライルの『英雄および英雄崇拝』など、東西の古典へと誘(いざな)った。

谷崎のもっとも身近な級友は、十一、二歳の時にカントとショーペンハウエルについて語り合ったことを回想している。通常授業の終了後、谷崎は特別講習にも出席して英語と中国語を習ったが、この二カ国語の素養は生涯のものとなった。

後年、谷崎二十八歳の時の小説『饒太郎』（大正三年＝一九一四）で、主人公はウィリアム・ジェイムズ、ルドルフ・オイケン、アンリ・ベルグソンの論文を読もうとして、どの一冊も完読しないままに、「どんなに難解な書物でも彼には難解だと感ぜられた例がない。二三行読めば、先の先までスッカリ洞見する事が出来て、忽ち軽蔑の念を起す」と書いている。

高等小学校卒業が、あやうく谷崎の最終学歴になるところだった。彼の父はすぐにでも息子が稼ぎに出ることを望んだからである。だが、高等科の担任が中学を受験させるように父を説得してくれた。谷崎は飛び抜けた成績で東京府立一中の試験に合格し、父親もしかたなく進学に同意する。谷崎の書いた最初期の文献となるのは、この中学の校内雑誌である。明治三十五年（一九〇二）に発表された「厭世主義を評す」と題するその一文は、あふれる自信と豊かな語彙で級友を圧倒した一編だが、ここで谷崎は東洋的な厭世観を否定的に論じている。快楽こそが生きる意味だとするその主張は、後に知れ渡ることになる彼の快楽主義の産声だと言えよう。

谷崎が学生生活を続けられる唯一の道は書生になることだった。彼が身を寄せたのは築地精養軒の主人の家で、家庭教師を兼ねて住み込むことになる。使用人として過ごしたその屈辱を、谷崎は自伝的な一編『神童』（大正五年＝一九一六）に書き記しているが、最晩年に発表された随筆『当世鹿もどき』（昭和三十六年＝一九六一）にも書かれていることから、その経験がどれほどの痛恨事となって心中にわだかまっていたかが察せられる。書生生活は数年で終りを告げた。同家で働く女中に宛てた恋文を見つけられて、なんの容赦もなく追い払われてしまったのだ。

明治三十八年（一九〇五）、第一高等学校に入学。英法科を選んだのは明治の青年らしく、出世に真剣であるところを示したかったのだろう。しかしながら谷崎は、学生仲間で組織する文芸部で積極的な活動を続け、自身の初恋を綴った物語を学内の雑誌に発表、これが後に『羹』（明治四十五・大正元年＝一九一二）へと発展する。ここに描かれている逃避行の詳細は謎のままではあるが、弟に宛てた英文の手紙が残されている。「My Dear Brother: An evil accident which happened to me and her, obliged me to go to Hakone as soon as possible.（弟へ。おもいもよらぬあやまちが自分と彼女に起こったゆえ、すぐにも箱根へ行かざるを得ない）」。

明治四十一年（一九〇八）、谷崎は東京帝国大学に入学。籍を置いた国文科は、学業を究める意思のない学生の巣として知られていた。彼も授業に顔を出すのは稀で、たびたび遊廓にも通ったあげく性病を患う始末で、家計を助けるどころか親に食わせてもらう為体だった。そんな暮らしを送っては、いよいよ家族の悩みの種となりはて、自分で自分を親不孝者へと追い込んでいく。ところが明治四十三年（一九一〇）、谷崎は職業的な執筆を開始し、それまでの汚名をそそぐ道が開け始める。翌年出版された短編集『刺青』によって、彼の名は世間に知られるところとなった。

後年、谷崎は『刺青』の舞台を当初現代に置いたが、物語と時代の折り合いが悪く、徳川期に移行させたのだと記している。この発言は谷崎が日本の過去を作中どのように利用したかを示唆するものである。大衆的な歴史物作家のように歴史上の人物を現代の観点から表現することを好まず、あるいは史実に絶対忠実たらんとすることも、想像の源泉を枯渇させて過去に題材を求めることもなかった。過去を舞台とするのは、そうするほうが想像力に一層広大な視野が与えられるからであり、設定が現代では不自然に映りかねない登場人物の行動も、華やかに彩られた過去の出来事と見れば大いに納得できるからである。

『刺青』はまったくの虚構であり、時代背景が正確かどうか、などと詮索しても意味がない。読後に残るのは、強烈な印象と退廃の気分であろう。彫物師の清吉は、ふと見た女の素足に取り憑かれる。「……鋭い彼の眼には、人間の足はその顔と同じやうに複雑な表情を持つて映つた。……この足こそは、やがて男の生血に肥え太り、男のむくろ（体）を踏みつける足であつた」。足へのフェティシズムは、しばしば谷崎の理想の女性像と共に現れた。すなわち美しく、同時に冷酷な女である。最後の小説となった『瘋癲老人日記』（昭和三十七年＝一九六二）にも理想の女性を語る一節があり、「何ヨリモ足ガ白クテ、華奢デアルコトガ必要ダ。ソノ他サマ〲ナ美点ガ相互ニ等シイ場合、悪イ性質ノ女ノ方ニ余計魅セラレル」と吐露される。

冷酷な女への隷属的な崇拝は、谷崎の小説にたびたび現れるテーマであった。初期の作品『少年』（明治四十四年＝一九一一）にも、三人の男の子と一人の女の子が繰り広げるＳＭ的な戯れが描かれている。彼らの「泥坊ごっこ」は、捕まった「泥坊」が懲らしめられるというあからさまな遊びだが、決定的などんでん返しが待っている。ずっと虐められてきた女の子が、最後に男の子たちを奴隷とするのだ。奴隷の三人は嬉々として彼女の爪を切り、鼻の穴を掃除し、あげくには女の子の尿をすら飲む。

先にも触れた『饒太郎』は、告白的な小説ではないものの、主人公は谷崎その人であるかのようだ。大学在学中にクラフト＝エビングを読んだ饒太郎は、有名人のいかに多くがマゾヒストであるかを知る。わけても彼を魅了したのは、西洋では娼婦が男を鞭で打って喜ばせる、跪かせて支配する等々の、愛欲を満たすさまざまな遊戯があることだった。遺憾なことに日本には、それほどの残忍さを持ち合わせた娼婦はいない。現代日本に生まれたのを恨めしく思っていた当時の谷崎は、もし徳川の世に生まれていたら「今少しアブノルマルな」趣味を充たすことが出来たろうにと書く。『饒太郎』を書き上げた翌年、大正四年（一九一五）に谷崎は結婚する。それから妻に非道な態度を示すようになるまで、時間はかからなかった。妻になった女性が、良妻賢母といった昔ながらの存在でありすぎたのが、その原因だったようだ。芸術の深淵を究めるために結婚したと書いた谷崎が、ほどなく結婚は失敗だったと公然と認めるようになる。大正八年から九年（一九一九—二〇）に書かれたいくつかの小説は、男の妻殺しを扱っているほどだ。そんな中、谷崎は義妹にいよいよ熱を上げていく。日本人離れした容姿、陽気さ、わがままさを併せ持つ、せい子という娘に。

西洋への心酔がもっとも極端な形で現れている『独探』（大正四年＝一九一五）には、西洋崇拝熱の昂じた「私」にフランス語会話を教えてくれる、ものぐさなオーストリア人が登場する。谷崎は作中、以前の自分は西洋の美術や音楽に何の関心もなかったことを語る。「殊に私は西洋の絵画や音楽に就いて冷淡であつた。われ〳〵文芸の士の間にゴオガンの名が喧伝されて、エキゾテイズムの思潮が鼓吹された時分にも、若し日本人としてエキゾテイツクな芸術を開拓するつもりなら、支那や印度に眼をつけた方がいゝなどゝ思つて居た」。しかし、一転してこう書くのである。

けれども私は、二三年過ぎて、そのやうな迂闊な考へから覚醒しなければならない時期に到達した。私は自分の胸の中に燃えて居る痛切な芸術上の欲求が、到底現代の日本に生れて日本人に囲繞されて居ては、満足されるものでないことを発見した。自分を生んでくれた現在の此の国土には、不幸にも自分の「美」に対する憧憬を、充たしてくれる何等の対象をも見出すことが出来なくなつた。そこには西欧の爛熟した文明もなく、南洋の強烈なる野蛮もなかつた。私は自分の周囲に対して激しい Contempt（軽蔑）を感ずるやうになつた。同時にわれ〳〵よりも遥かに偉大な芸術を有して居る「西洋」その者を、もつと根深くもつと親しく観察しなければならない、其処に自分の憧れて居る「美」の対象を求めなければならないと云ふ事を考へ出した。私は俄然として、激しい西洋崇拝熱に襲はれ始めた。今迄冷淡であつた彼の国の絵画や音楽に接しても顫へつくやうな興奮を覚えた。僅かに原色版やコロタイプなどの複製に依つて自分の眼に触れる印象派の絵画の類が、内容の空虚な刺戟の乏しい、手先ばかり悪く小器用な日本画の表現に引きかへて、どんなに力強く真剣な精神を磅礴（満ちあふれ）させて居ることであらう。又稀な機会に日本人の手に依つて演ぜられたり、若しくは蓄音機などでその片鱗をしか窺ふことの出来ない彼の国の音楽が、亡国的な眠いやうな三弦の音や、変にひねくれた退嬰的な、浅はかな端唄浄瑠璃の類に比較して、どんなに率直に壮大に人生の悲哀や歓喜を唄つて居ることであらう。日本の声楽家が技巧でかためた不自然な裏声を以てうたつて居る間に、いかに彼等は大胆に活潑に、鳥の如く獣の如く、咽喉の張り裂けるほど胸板の撓むほど真実な声を放つてうたつて居ることであらう。此の国の器楽がいさゝ（ささやかな）小川の流れのやうな繊細な音を立てるのに反して、いかに彼の器楽が澎湃たる怒濤の如く豪宕の気に充ち、汪洋たる大海の如く瑰麗なことであらう。一と度私はさう感ずると、このやうな驚く可き芸術の数々を生んだ欧羅巴の国土に対し、及び其処に棲息する優越なる人種の日常生活の諸現象に対し、之等を悉く知り求めようとする止み難い欲望が頓に湧き上るのを覚えた。西洋の物とし云へば、凡べての事が美しく羨しくなつて来た。私は人間が神を仰ぐやうに西洋を見ずには居られなくなつた。私は到底立派な芸術の育ちさうにもない日本の国に生れた事を悲しんだ。どうしても日本に生れる可き運命を持つて居たのなら、政治家若しくは軍人として世に立たずに、特に芸術家として立たねばならなかつた自分の不幸を悲しんだ。而も今日の私としては、たゞ一歩でも近く「西洋」に接触し、或は同化する事に依つてのみ、自分の芸術を切り開いて行かねばならないのだと観念した。

私の渇仰を充たす為めには、成らう事なら洋行――いや洋行どころではない、寧ろ全く彼の国土の人間となり、彼の国土に骨を埋める覚悟を以て、移住してしまふのが最良の唯一の方法であつた。

これほど極端な西洋崇拝は他に例を見ないであろう。むろん作中の「私」の言葉であって、作家自身の本音がそのまま文章になっているとは断言できない。しかし、この書きぶりには彼の信念が窺え、同様の感懐は他の作品にも表われている。一例をあげれば、『痴人の愛』（大正十四年＝一九二五）で譲治が夢中になるナオミは、日本人らしからぬふるまいをし、日本人離れした顔だちで、意図したものか偶然なのか名前までが西洋で見受けられるものだ。ナオミに溺れる譲治は、実生活で谷崎が義妹に魅せられた姿そのままではないか。

大正九年（一九二〇）頃から、谷崎は芸術表現の媒体として映画に着目するようになる。この年、最初に手がけたシナリオ『アマチュア倶楽部』が撮影された。その喜劇映画の主演は、ほかでもない義妹のせい子だった。映画の最初の場面(シーン)に彼女は水着姿で現われる。世界中で彼女の足ほど美しい物はない、と谷崎はひとり悦に入った。

大正十年には横浜に移り、日常生活を完全に西洋式に切り換えた。服装は派手になり（とりわけ真っ赤なネクタイ）、一日中靴を脱がずにいたことを自慢した。せい子の欧州人の友だちからダンスを習った谷崎はたちまち夢中になり、内気な妻にもダンスをけしかけたほどである。外国人居留地のエキゾティックな雰囲気も大いに気に入って、そこでの体験にもとづく小説や戯曲を書き上げた。新聞は谷崎渡欧と書き立てたが、彼は大正十二年（一九二三）の秋まで旅行を延期する。ところが九月一日の出来事、すなわち関東大震災で谷崎の生活は一変してしまう。

地震の起きた時、谷崎の乗っていたバスは路上で激しく舞ったが、事なきを得た彼の心に最初に浮かんだのは家族の安否であった。「しかし」と彼は言う。「殆(ほと)んど同じ瞬間に『しめた、これで東京がよくなるぞ』と云ふ歓喜が湧いて来るのを、如何(いかん)とも し難かつた」……。サンフランシスコが一九〇六年の大震災から十年をかけて復興したように、東京も必ずや復活する、それもはるかに立派な街として。谷崎の想像は果てしなく広がった。

井然たる街路と、ピカ〳〵した新装の鋪道と、自動車の洪水と、幾何学的な美観を以て層々累々とそゝり立つブロックと、その間を縫ふ高架線、地下線、路面の電車と、一大不夜城の夜の賑はひと、巴里や紐育にあるやうな娯楽機関と。そして、その時こそは東京の市民は純欧米風の生活をするやうになり、男も女も、若い人たちは皆洋服を着るのである。それは必然の勢ひであつて、欲すると否とに拘はらずさうなる。

谷崎は、七歳になる娘がこれで畳の上に座らなくてもよい、また、帯で身体を締めつけたり、重い下駄を履くこともなくなると思って喜びを感じたのだ。彼女は健やかに成長し、スポーツを楽しむようにもなるだろう。日本の女性はすっかり生まれ変って新しい人間となると夢想したのである。「それは殆んど人種が違つてしまつたやうな変化であり、姿も、皮膚の色も、眼の色も、西洋人臭いものになり、彼女たちの話す日本語さへが欧洲語のひゞきを持つでもあらう」。

このエッセイ『東京をおもふ』を谷崎が書いたのは震災から十一年後で、自分の予言が必ずしも実現しなかったことを認めつつも、想像したほどには地震による東京の被害がひどくなかったことにその原因を帰した。昔ながらの習慣は想像以上に根強く残り、洋食が行き渡ったこの頃でも、人々は和食のほうを好み、女性も十中九人までがいまだに和装ではないか。そして谷崎自身も、もはや日本の西洋化を望んではいなかった。彼の心境はこうである。「東京が西洋化した頃には、いつか自分が西洋嫌ひになつてゐる私。そして未来の東京に望みを抱くよりは、幼年時代の東京をなつかしむ私」。

谷崎のこのような変化は、一般には横浜から関西への移住によると思われているが、西洋かぶれがその絶頂にあった大正末期にはすでに、西洋人が広重（ひろしげ）の絵に魅了されるのと同じように、谷崎は古い日本に惹（ひ）かれるようになっていた。横浜が再建されるのを待つ間、関西で美景の名所を訪ね歩いていれば楽しかろうと考え、ごく自然に神戸に向かった。関西最大の西洋人居留地のある都市である。ところが、関西に避難していた他の被災者が東京、横浜に戻り始めても谷崎は留まり、ついには大正十五年（一九二六）、関西永住を決意して「東京には何の未練もない」と宣言する。

谷崎はこの変化について、関西の食べ物と、大阪女の声と、関西全般の雰囲気が気に入って、と自解している。東京では消え失（う）せてしまったような、彼の記憶に残る昔ながらの多くの習慣が、京都や大阪なら今も見出し得ることにますます喜びを感じていた。それは、日本人男性の多くが四十代になる頃に体験する変化と質的にはほとんど同じものであろう。すなわち、畳にくつろいで友と酌み交わす酒、ごく普通の和食の味、句歌の妙、そんな喜びをあらためて発見することだ。谷崎の場合は、そのような変化を意識して迎えたために、より複雑な過程を経たのであり、結果として私生活のみならず、作風にも影響があらわれたことがさらに重要である。谷崎の作家としての名声は関西移住後の作品によるものであり、もし初期の作品がまったくなかったとしても、その評価は変わらないだろう。

関西移住はかくも大きな意味を持っていたのだが、作品に変化が見られるまでには、しばらくの時があった。移住後最初の小説で、ここ十年の最高の作とも言うべき『痴人の愛』は、横浜時代と多くのつながりを持ち、現代性と自由恋愛を渇望し、旧弊な伝統の束縛からの解放を切に願う、初期谷崎作品の集大成と呼べる内容である。この作には、まっとうな男を堕落させる性悪なウェイトレスのナオミにうつつをぬかす譲治を、それとなく非難している側面もある——その点、この小説はサマセット・モームの『人間の絆』(一九一五)を思わせるところがある——が、発表当時の読者には、ここに描かれた生き方が非難されているようには見えなかった。それどころか〝ナオミズム〟なる言葉さえ生まれ、彼女の魅力が喧伝されたほどである。『痴人の愛』は完璧な成功作とは言い難いが、注目せずにはいられない小説であり、譲治を「痴人」

として描いたことは、谷崎の一辺倒の西洋崇拝からの脱却を示唆している。大正十五年に上海(シャンハイ)を訪れた彼は、この街はすっかり「悪い西洋かぶれ」に染まったと愛想を尽かした。

ただし西洋を完全に捨て去るつもりでもなかった。『饒舌録(じょうぜつろく)』(昭和二年＝一九二七)では数名の東洋人の主張、中でも西洋の物質性と東洋の精神性を唱えたタゴールの主張を検証した上でこう結ぶ。「要するに釈迦(しゃか)と基督(キリスト)とマホメットの三教祖を亜細亜(アジア)から出してゐると云ふ以外、東洋がより精神的だと云ひ得る根拠はないやうに思ふ」。

谷崎は西洋の文学が日本に紹介されたことで、日本語の散文の特質、殊に言外に仄(ほの)めかすような情感は徐々に消えて行くだろうと考えた。それに不満を感じたのではなく、むしろ当然の成り行きなのであって、過去において日本人が年齢を重ねるにつれ東洋の伝統に目覚めたのは確かだが、現在の世代が成熟しきった頃には、東洋の伝統そのものが消滅して、彼らの帰る場所は失われているかも知れない、と。

昭和四年(一九二九)、谷崎は『蓼喰ふ虫』を書き上げた。その卓越して独自な文学性ゆえのみならず、谷崎の人生そのものを巧妙かつ効果的に西洋崇拝から日本の伝統美へと大転換させたという意味でも、最高傑作だとする評者もいる。何よりもこの作品には、いつの間にか子供の頃から見覚えのある世界に戻っていた——まるで谷崎のような――男が登場するのだ。

主人公の要は、ソファに寝転んだまま『アラビアン・ナイト』完全版の英訳本を読むような男である。谷崎の分身たる彼は、欧亜混血の娼婦と関係を持っている。妻が浮気の相手に会いに行くというのに構う様子もない。結婚生活はまったく破綻しているが、まだ二人を取り持つ絆もあった。息子と岳父（妻の父）である。人形浄瑠璃を愛し、京都の典型的な町家に暮らす老岳父に、要はどんどん惹かれて行き、さらには岳父の妾お久にも気をそそられるようになる。お久は古風な女で、妻のように西洋風に〝啓蒙された〟女性とは好対照であり、お久への関心は、過去の再発見と並行している。小説の最後、蚊帳の中で横になっていた要は、薄暗い部屋にお久が数冊の和本を抱えて入ってくるのを目にするのだが、まるで谷崎自身の日本回帰を告げるように、いつしか岳父の趣味に染まった要の姿が浮かび上がる。この作品に書かれたいくつかの出来事は、離婚に向かいつつあった谷崎の実生活が下敷きとなっているが、自伝的というより、予言的作品と見るべきであろう。

昭和の初期に書き上げた一連の小説で、谷崎は日本で最も円熟した作家としての立場を確かなものにした。もっとも同時代にそうと気づいた評者はいなかったのだが。『吉野葛』（昭和六年＝一九三一）では、従来とは全く違う方法で日本の伝統を表現する題材と言葉とを見出している。この作品は幾つかの時代にまたがって展開し、古くは鎌倉初期（十二世紀）、義経の愛妾だった静御前とその不思議な鼓をめぐる物語にさかのぼり、それが室町中期（十五世紀）の能『二人静』、江戸中期（十八世紀）の浄瑠璃『義経千本桜』へと連結されてゆく。異なる時代の響きが根底に流れる狐神信仰によって共鳴し、その交響が小説に深みをもたらすことで、物語が読者の心に生き生きと浸透するのである。

「悪魔主義」で知られた人気作家の谷崎が、伝統的日本文化の最も重要な代弁者へと変容することは、『蓼喰ふ虫』の要が岳父の生き方によって開眼する〝日本回帰〟という形で予告されていた。

昭和六年、谷崎は再婚する。新婦と高野山に登り、そこで四カ月を過ごす間、真言密教を研究し、下山後、過去を舞台にした次なる重要作『盲目物語』を書き上げた。この作品に新婦の影響があっても何ら不思議ではないのだが、さにあらず、谷崎にこの小説を書かせたのは神戸在住の裕福な婦人で、木綿商の夫からないがしろにされていた根津夫人だった。単行本『盲目物語』の冒頭に置かれた「盲目物語はしがき」に、谷崎はこう書いている。「函、表紙、扉、中扉等の題字は根津夫人の染筆である。聞くところに依ると、（北野）恒富氏は茶茶（のちの淀君）の顔を描くのに根津夫人の容貌を参考にしたと云ふ。そんな因縁があるのと、夫人の仮名書きが麗しいのとで、特に揮毫をお願ひした」。

昭和七年夏、谷崎は根津夫人への愛情を告白したばかりか、崇拝の念さえ抱くようになる。彼女に送った手紙で、谷崎はこう明言した。

実は去年の「盲目物語」なども始終あなた様の事を念頭に置き自分は盲目の按摩のつもりで書きました、今後あなた様の御蔭にて私の芸術の境地はきつと豊富になることゝ存じます、たとひ離れてをりましてもあなた様のことさへ思つてをりましたらそれで私には無限の創作力が湧いて参ります

しかし誤解を遊ばしては困ります 私に取りましては芸術のためのあなた様ではなく、あなた様のための芸術でございます……

それからまもなく谷崎は二人目の夫人と離婚し、松子、すなわちかつての根津夫人と結婚する。

『蘆刈』(昭和七年＝一九三二)は、十三世紀に後鳥羽院の離宮があった水無瀬を谷崎が訪ねるくだりから始まる。まるでカルメンを語る前にスペインのローマ遺跡を描い

たメリメのようだが、谷崎は寂寥たる現在の水無瀬から、五十年前の水無瀬へと時をとび越える。すると川べりの葦の間から現れた男が、美しくも冷やかな女、お遊さんのことを物語る……。初刊本における罫線入りの本文、変体仮名の混用、さらに選びぬかれた紙までもが、語り口の古風さをひき立たせ、その全体で、まるで明治時代の書物であるかのような効果を上げていた。

題の由来は書かれていないが、言うまでもなく有名な能の題名であり、小説の成立も夢幻能に著しく似通っている。が、能からの影響云々よりも重要なのは、谷崎がこの時期に書いた作品に見られる強い共通性——どこまでも途切れることなく続く独白による叙述や、最初期の作品に戻ったかのような主題設定——である。美しく、しばしば冷酷ですらあるお遊さんを崇拝し、奴隷のように仕える男が独白する物語——これは谷崎文学おなじみのテーマであるが、彼の熟練の語り口が、なるほどお遊さんという人は、あのとてつもない献身にふさわしい女性なのだと読者を納得させてしまう。

この時期、『蘆刈』に匹敵する佳品と言えば『春琴抄』（昭和八年＝一九三三）である。発表当初から傑作と評され、今もその評価は揺るがない。春琴は、美貌の三味線師匠である。彼女は、どんな扱いをしようとも自分に絶対的な献身で仕える一番弟子の佐助をいじめることにサディスティックな喜びを感じている。春琴が盲目であることも、佐助にとっては却(かえ)って彼女の美を高めるばかりだ。見知らぬ侵入者によって熱湯を浴びせられた春琴がその美貌を失うところから、小説はクライマックスを迎える。春琴はただれた顔を誰にも見せまいとし、佐助も常に視線を避けるが、何かの拍子に見てしまうのではないかと恐れる。春琴を苦しみから救うために、佐助は自らの目を針でつき、自分も盲目になったと春琴に告げる。彼女は初めて佐助への愛情を示し、彼は至福に酔う。

『春琴抄』は『蘆刈』より劇的であり、人物造型にも、より説得力があるのだが、依然として多くの様式化が見られる。谷崎の意図は世に行なわれている歴史小説の全く逆を行くことにあった。昭和七年の「正宗白鳥氏の批評を読んで」に、彼はこう記している。

私の近頃の一つの願ひは、封建時代の日本の女性の心理を、近代的解釈を施すことなく、昔のままに再現して、而も近代人の感情と理解に訴へるやうに描き出すことである。

読者と作中人物との間に距離をもたせることで、谷崎自身が関西での生活の本質とみなしたもの、すなわち抑制と婉曲とを、そのまま作品中に保持しようとしていた。

谷崎が伝統的な美学をもっとも雄弁に擁護した随筆が『陰翳礼讃』（昭和八―九年＝一九三三―三四）である。標題に示されている通り、煌々たる電気照明の対極にある、古き日本の影をさまざまに愛でたものだが、郷愁を含んだその書きぶりは、十年前の彼の作風からは想像もつかない。

昭和十年（一九三五）、幾多の不安を抱えたまま『源氏物語』の現代語訳に着手する。原文を理解できない現代の読者のために『源氏』を再構築してみたいという欲求と、自分がそんな大それた仕事に耐え得るかという畏怖とにひどく揺れながら……。『谷崎源氏』（全二十六巻）は昭和十四年（一九三九）から十六年にかけて刊行されたが、この仕事の間、他にはほとんど何も書いていない。

十一世紀の小説を現代語に訳すことに何の問題もあるはずがないが、当時の日本は中国との戦争で国家としての非常事態にあり、検閲も厳しかった。光源氏と老天皇の配偶者である藤壺との関係を描いた巻が皇室への不敬にあたると見なされ、その部分を除いた形での出版しか許可されなかった。日本文学最高のほまれが、日本の理想への忠誠一筋を公言する者たちによって削除されるという、皮肉な矛盾に陥っていたのである。

昭和十七年（一九四二）、谷崎にとって最大の長編であり、おそらく最高傑作である小説『細雪』を書き始める。先ず「中央公論」の昭和十八年一月号と三月号に掲載されたが、第三回が載る筈だった六月号に次のような声明が掲げられ、以降の連載は中止となった。

お断り

引きつづき本誌に連載の予定でありました谷崎潤一郎氏の長篇小説『細雪』は、決戦段階たる現下の諸要請よりみて、或ひは好ましからざる影響あるやを省み、この点遺憾に堪へず、ここに自粛的立場から今後の掲載を中止いたしました。右読者諸契の御諒解をえたいと思ひます。

昭和十八年五月

中央公論編輯部 敬白

谷崎は戦時の狂乱から逃れるべく田舎にこもり、小説を書き続けた。戦時中に書いたのは事実上『細雪』だけで、シンガポール陥落（昭和十七年＝一九四二）を祝う談話がラジオで放送されたことはあるが、戦時情勢へのかかわりは最小限だった。着実な印税収入があったので、生活のために軍部に協力しなければならない理由もなかった。

子供の頃から軍隊を憎んでいた谷崎は、戦争がもたらしたすべての災いによって、その苦々しい思いをいっそう深めた。

『細雪』を出版できたのは、ようやく終戦を迎えた後だが、それはこの作品が軍国主義に抵抗する内容だったからではない。そもそも一切のイデオロギーと無縁の小説『細雪』が発禁になったのは、日本の果すべき神聖なる使命のことなどではなく、縁談やら桜の名所めぐりやら東京と大阪の文化的相違やらに心を奪われている人々が暮らす往年の日本が、郷愁とともに描かれていたからであった。のんきに進行する物語が、戦時の勇壮な心構えにふさわしい訓戒に富んで敢然たる文学を支持する者たちを怒らせたのだが、作品の心なごむ雰囲気は、日々、唱導される愛国主義に耐え、疲れ果てていた読者の心に沁みわたったのだ。

『細雪』は昭和二十三年（一九四八）に完成した。この作品により、谷崎は毎日出版文化賞と朝日文化賞を授与された。天皇陛下との陪食に招かれた翌二十四年の十一月には文化勲章をも受けた。異国の土に埋葬されることを願った四半世紀前の悪魔主義者は、こうして日本で受け得る最高の栄誉も得たのである。

『細雪』の叙述は何となく古風だが、もっと冒険的な技術を用いるのとは違うやり方で、しっかりとした現実感を創り上げている。昔日の日本の記憶を後世のために保存しようとしているかのようだ。それは平安期や自身の青年時代の日本ではなく、洗練された、国際的ですらある生活を送ることの出来る人々がまだいた、昭和初期、一九三〇年代半ばの日本の記憶である。谷崎は破滅に瀕した一族のありとあらゆる事柄を記録しようとする年代記作者といった風情で、登場人物が利用する店の名や、乗車するバスの番号までを書きつけた。十年前の関西を理想化しているわけでは決してないのだが、泥色にとり巻かれた戦時を生きた人々にとって、蛍を見に山へ行く場面などは、間違いなく別世界の楽しみに見えたことだろう。

『細雪』に描かれた多くの出来事と谷崎の実生活との関連を証拠だてることは可能だが、作者の関心が私小説流の主人公が耽溺する世界の描写でないのは明らかである。作中、谷崎に最も似ていると思われる人物も作者の肖像ではなく、主要な人物ですらない。『細雪』と『源氏物語』の比較にも興味を感じるが、光源氏という絶対的な主人公を欠いた紫式部の小説を想像することは困難だ。

谷崎の次なる大作は『少将滋幹の母』(昭和二十四―五年＝一九四九―五〇)であるが、ここでは古文書を元に過去を再構築するというかつての叙述形式に再び戻っている。物語はしばしば中断し、作者自身の天台仏教の経典についての意見が、碩学の僧侶から教えられたという話や、現代の平安朝学者による研究成果などをまじえて語られる。

通常の手法から逸脱し、なおかつ読者が興味を失わない限界にまで挑戦したのではないかと思える小説で、谷崎の魔法のような腕前は、そういった中断までも作品の成功に貢献させている。

『少将滋幹の母』の完成後、谷崎は再度『源氏物語』の現代語訳に取り組む。このたびは簡素な文体を宗(むね)とし、初訳の時に検閲官の命令で削除された部分も復活させた完全版となった。最終巻の刊行は昭和二十九年（一九五四）十二月だが、この新訳に費やした四年間を、彼自身の創作に打ち込んでいたならばと思うと、やはり残念と言わざるを得ない。いくら谷崎が、この日本文学史上の最高傑作に今一度の賛辞を呈さなければと痛感していたとしても。

多くの読者は、この新訳をかぎりに、谷崎は引退したものと思っていた。ところが昭和三十一年（一九五六）一月号の「中央公論」に『鍵(かぎ)』の第一回を発表し、世間に電撃を与える。掲載誌はすぐに売り切れ、文壇でも持ちきりの話題となった。この小説の魅力は五十六歳の大学教授と四十五歳の妻との性のあからさまな描写にある。教授はまだ性的能力のある間に色道を極めることしか頭になく、その欲望を妻に向ける。結果として彼の肉体は破滅に瀕するのだが、それでも止めようとはしない。

この作で谷崎は、二冊の日記によって物語を進行させる方法をとった。一冊は夫の、もう一冊は妻の。二人は共に相手の日記を読んでは、お互いの心に通じているという設定が、いっそうのひねりを効かせている。前例のない題材を扱ったことで、日本のみならず欧米でも高い評価を受けた『鍵』は、しかし谷崎の作品になじみ深い主題——母親への思慕や冷酷な女への崇拝など——が影をひそめている点で、彼の心象に深く根ざした作ではないように思える。

この後再び、谷崎の輝かしい作家活動も幕を閉じたかに見えたが、注目すべきベストセラーで読者を驚かせた。昭和三十六年（一九六一）から翌年にかけて「中央公論」に連載された『瘋癲老人日記』である。『鍵』ほどの騒ぎにはならなかったものの、芸術的にはさらに上を行っている。中年どころか、老人の性愛が、この作のテーマなのである。『瘋癲老人日記』は、みごとに喜劇的な作品だ。他の多くの偉大な芸術家と同じく、谷崎もその作品年譜を喜劇で締めくくったのだ。主題への熱中はそのままに、その主題がユーモラスに見えてくる距離を保って眺めている、そんな余裕すら感じられる。魅力的な作品であることは間違いないのだが、結末の弱さが唯一のきずである。つまり予想通りにすぎる結末、老人の死、だけは、人生の最終段階にあった谷崎にとってユーモアをまじえては扱いかねる題材だった。

谷崎の作品を、他の主要な現代日本の諸作家の作品から際立たせる最も顕著な特徴は、書くことそのものへの専心にあるだろう。彼の小説は告白的でなく、いかなる哲学も主張せず、倫理的でも政治的でもないが、文体の大家の手で豪華なほど精緻に作られている。人生いかに生きるべきかの知恵や、現代社会の罪悪に関する鋭敏な分析などを求めて谷崎を読む者は一人もいない。文学なればこその喜びや、人間にとって永遠不変な事象の反映（それは谷崎の最も風変りな作品にさえ見出し得るものだ）を求める読者にとって、谷崎を越える作家を発見することはまずもって不可能であろう。

川端康成

初めて川端康成に会ったのは昭和二十八年（一九五三）のことだ。彼はまだ五十四歳だったが、実に老けて脆い感じの人、と私の目には映った。当時の彼の写真を見れば、それがあながち思い違いではないことが分かる。まるで、突然の閃光に驚いた鹿のような表情だ。だが、この人物は別の側面を持っていることも承知していた。昭和二十三年（一九四八）以来、日本ペンクラブの会長を務めていた川端には、会員間の政治的対立から分裂していた当時の組織を丸く収める手腕と忍耐が要求されるばかりか、数時間にわたる退屈な会議を我慢しなければならず、つまるところ世間のきびしい現実から隔絶した隠遁とはほど遠い場所に身を置いていた。彼はこの職務を真摯にこなし、外国語をまるで解さぬ上に、同時通訳を使えないこともしばしばであったにもかかわらず、ペンクラブの大会には、国内であれ海外であれきちんと出席した。早くから出版活動に積極的だったし、死の前年には東京都知事選挙の応援を買って出て、街頭宣伝車であちらこちらと走り回った。日本学研究国際会議の準備が、最後の公的な活動であるが、川端のこのような活動的な一面は、ともすれば見過ごされがちだった。特に、あの長い沈黙を受け入れてきた彼の知人たちには。

川端の名声が国内で広まり始めたのは大正末から昭和初期、一九二〇―三〇年代に遡る。そして一九六八（昭和四十三）年にノーベル文学賞が授与される頃には、その名は不動のものとなっていた。しかしながら、自分たちにとってさえも独特すぎるほど日本的だと感じられる作家が海外で理解され評価されようとは、と驚きを顕にする日本人も少なくなかった。川端の小説で西洋の言語に翻訳された嚆矢は、オスカー・ベンルのドイツ語版『伊豆の踊子』だと思われる（一九四二＝昭和十七年刊）。だが国際的な評価が高まったのは、何といってもエドワード・サイデンステッカーのみごとな英訳に負うところが大きい。最初に発表されたのは同じく『伊豆の踊子』の抄訳で一九五五（昭和三十）年、ついで『雪国』（一九五六）、『千羽鶴』（一九五九）が発表され、これらの英語版によって海外における川端の名声は定まった。ただし売り上げは失望もので、『山の音』の試訳を出版社に提出したサイデンステッカーは、川端の〝精気のない〟小説をこれ以上出す予定はない、と編集者に告げられたのである。

ところが一九六八年十月、川端のノーベル文学賞受賞が決まると、出版社の態度は一変する。アジアからこの賞に輝くのは、一九一三年のインドの詩人タゴール以来、二人目であった。おそらくスウェーデン・アカデミーは知る由もなかっただろうが、一九六八年は日本人にとって特別な意味を持つ年だった。ちょうど百年前の一八六八年、明治の王政復古（維新）によって、日本の文化状況と世界における位置づけが根底から変わったのだ。川端の受賞は、百年前まで国外では全く知られていなかった日本の文学が、世界の文学と肩を並べるまでになったことを示す象徴的な出来事だった。

川端受賞の四年前（一九六四＝昭和三十九年）、フランスのAFP通信が、谷崎潤一郎にノーベル文学賞、と報じた。記者たちが感想を取材しようと湯河原の谷崎家に押し寄せたが、残念ながら誤報だった。そして、候補者を地理的に制御しているノーベル文学賞の選考対象に、ようやく日本の番がまわってきた時、谷崎はすでに亡くなっていた。あの偉大な作家があの賞をついに得ずじまいだったのは嘆かわしい。川端がじゅうぶん受賞に値することは言うまでもないとしても。

この時、受賞したのが川端であり、三島由紀夫でなかったのは、何かの行き違いだったかも知れない。すなわち、国連事務総長だったダグ・ハマーショルド（スウェーデン人）が一九六一年に亡くなる直前、三島の『金閣寺』（アイヴァン・モリス訳、一九五九年）を読み、ノーベル賞委員会のある委員に宛てた手紙で大絶賛したのである。こういった筋からの推薦は小さくない影響力を持っていた。また一九六七年のこと、出版社の国際的な集会がチュニスで開かれ、私はその集いが授与する文学賞、フォルメントール賞を三島にと試みたが失敗に終わった。この時、スウェーデンから参加した有力出版社ボニエールの重役が私を慰め、三島はこれよりずっと重要な賞をまもなく受けるだろうと言ったのだ。それはノーベル賞以外にあり得なかった。

なにが三島の受賞を阻んだのか？　一九七〇年五月、コペンハーゲンで友人たちと食事をしていた時、その店に、一九五七（昭和三十二）年のペンクラブ東京大会で出会ったデンマーク人の作家が来ていた。大会の時の二、三週間の日本滞在だけで、北欧における日本文学の権威という世評を得ている男だった。その夜、いつになく上機嫌だった彼は、自信たっぷりの口振りで、川端がノーベル賞を得たのは自分が推したからだと私たちに打ち明けたのだ。一九六八年の文学賞は日本人に、というノーベル賞委員会の決定があったらしく、委員会は彼に、その方面の専門家の立場から、現代の日本文学について実のある意見を、と求めてきたのだと彼は言った。実はこのケルヴィン・リンデマンというデンマーク人、ほんのわずかばかりの日本文学を読んだに過ぎないにもかかわらず、その経験不足が彼の独断を抑止することはなかったのである。東京で初めて会った時に漠然と気づいたのは、この人物の政治観は極端なほど保守的であり、他分野についての見解さえ同様の色に染まっていることだった。一九六八年当時、海外でも広く報じられた学生運動の狂乱ぶりが、日本の若者全般に対して彼を極めて懐疑的にさせていた。だから三島について問われた時には、三島＝若い＝左翼と短絡し、否定的な見方を強く押し出した。代りに川端を推薦したのは、年齢からしても急進的な政治思想に肩入れすることはあるまいと踏んだからだ。「だから」と言って、リンデマンは締めくくった。「私は川端を勝たせたんだ」。

この人物の存在がスウェーデン・アカデミーの委員会に本当に影響を与えたのかどうか、確証を得る術はない。しかし、彼の言った通りではなかったか、と思わせる手がかりがないではない。私がチュニスでほのめかされたように、亡きダグ・ハマーショルドの影響下にあったスウェーデン・アカデミーは三島支持に強く傾いていた。ところが、最後の瞬間に心変りしたように見受けられるのだ。ノーベル賞の選考は、規定により一候補者につき三つの作品がリストにあげられるのだが、川端の場合、リストに論評も付されているのは二作のみで、三番目の『古都』は、その題名が示されているだけだった。つまり、このリストが作られた段階までは、委員会は三島を支持していたのであり、だから『古都』は、すでにドイツ語版もデンマーク語版も存在していたにもかかわらず、それを読み論評する労力を省略されたというわけなのだ。
あの時、三島が受賞を逃したことでの私の失望は相当のものだったと告白する。時が経って振り返れば、他の何にもまして求めていた世界的な認定を受け損なったせいで三島は自殺したのだ、とさえ言う声もあるだろう。だがまた、自分の得た賞の耐えかねるほどの重さに気づいたがために川端は自殺したのだ、という声もある筈だ。この二人の偉大な作家の死を悼みつつも、三島より、さらには谷崎より、川端を日本人最初のノーベル文学賞に値するとした委員会の選択は、理由はともあれ賢明なものであったと、今の私は信じている。

大江健三郎が一九九四（平成六）年に日本人二人目のノーベル賞作家になった時、彼は文学の伝統を、谷崎、川端、三島などの〝純文学〟の執筆を選んだ作家と、大江自身をはじめ、井伏鱒二（広島の原爆を小説に書いた）、大岡昇平（太平洋戦争中の実体験を仔細に描いた）、安部公房（社会からの疎外と孤独を題材にした）ら、書くことで戦い実践する作家とを対照させて語った。

これは、ひとり大江だけの断定ではない。私が日本国内での講演会で、日本文学の海外での評判といった話をすると、質疑応答の時間には、なぜ花鳥風月ふうの作品ばかり外国人は翻訳するのかと問われることがある。言うまでもなく花鳥風月とは、日本の芸術作品中に描写された自然のありさまを愛(め)でるために用いられる伝統的かつ慣習的な言葉だ。花や鳥に意匠を託した作品だけが翻訳されているというのは明らかに事実に反するが、質問者の言わんとするところは分かる。実に長い間、西洋における日本の芸術に対する評価は、あのいまいましい形容詞「精妙(エクスクイジット)な」で表現されてきたのであり、この形容で作品を絶讃すると同時に、負の次元へと引き下げてきたからだ。なるほど俳句はとても短くて、決して英雄叙事詩のような力強さはない。なるほど申し分のない出来映えの根付(ねつけ)であってもイタリアの彫刻家チェリーニの傑作とは比較にならないし、まして英雄彫刻との比較は言わずもがなである。俳句が精妙(エクスクイジット)なものに過ぎず、どれほど魅力的な根付でもより広い次元を暗示するものでなければ、どちらも単なるお遊びかおもちゃではないか。

日本でも政治的な意思表示のために作品を書く作家は、川端の『みづうみ』(昭和二十九年＝一九五四)のような小説に見られる意図した醜悪さまでも、花鳥風月じみていると断ずるのである。この手の作家は暗示的な叙述の完璧(かんぺき)さや詩的な自然描写によって評価されたいとは望まない。むしろ、作品がまともに扱われなくなるのではと案じて、いかにも日本的な特色で自作を彩(いろど)ることを拒否するほどだ。日本的であることの特殊性を乗り越えようとする彼らの決意には共感し得るとしても、谷崎、川端、三島の小説を精妙（エクスクイジット）なものとしか思わないのは、まず間違いなく、感受性のなきに等しい読者だけである。

川端には、作家は政治や社会の参加者（アンガージュ）たれ、と強いられることが何よりも苦痛だった。昭和九年（一九三四）に書かれた『文学的自叙伝』には、こんな一節がある。

……私は、恋心が何よりも命の綱である。しかし、恋愛的な意味では、いまだに女の手を握つたこともないやうな気がする。嘘（うそ）をつくなと言ふ女の人もあるかもしれない。しかし、これは単なる比喩（ひゆ）でないやうな気がする。ところが手も握らぬのは、女に止（とど）まらないのではあるまいか。人生も私にとつて、さうなのではあるまいか。

東京の安っぽくて薄汚れた歓楽街を舞台にした小説『浅草紅団（あさくさくれないだん）』（昭和五年＝一九三〇）の執筆に備えて、ノートを手にした川端は、どぎつい一郭を昼となく夜となく四六時中歩き続ける。だが、後に彼は次のように書いた（『文学的自叙伝』）。

幾度も公園で夜明ししたけれども、ただ歩いてゐただけである。不良の徒と知り合ひにならなかつた。浮浪者に言葉もかけなかつた。大衆食堂には足を入れたことがなかつた。三十何館の興行物は悉く見歩いて、ノオトを取つたが見物席からで、芸人達と話すでなし、楽屋裏を見たのは、カジノ・フオウリイ一つであつた。公園のまはりの安宿の門口に立つたこともなく、カフエにも入れなかつた。

ここに窺われる川端の超然とした態度は、大正十二年（一九二三）、関東地方が大地震にみまわれた直後にもすでに示されたものであり、東京中の街々を冷静に歩き回りながら、焼け落ちた廃墟を観察し、誰もが目をそむける光景を心のノートに写しとった。だが、冷静ではあっても決して冷淡ではなかった。彼は、こう書く。

行きたいのも欧米ではなく、東方の亡国である。私は多分に亡国の民である。震災の時の亡命行じみた罹災者の果しない行列ほど、私の心をそそつた人間の姿はない。ドストエフスキイに溺れて、トルストイには親しめなかつた。親なし子、家なし子だつたせゐか、哀傷的な漂泊の思ひがやまない。いつも夢みて、いかなる夢にも溺れられず、夢みながら覚めてゐる私は、裏町好みにごまかしてゐるのだらう。

昭和二十四年（一九四九）十一月、川端は日本ペンクラブ会長として、原爆による被害を視察する目的で広島を訪れた。惨状を前にしても平然たる様子を見せたために、自らの内面の苦悩以外には何事に対しても冷静すぎるほど冷静な人間という印象を人々に与えてしまうのだが、広島からの帰途、川端が京都に立ち寄り観光に時間を割いたことで、彼を敵視する面々は、この印象をいよいよ確かなものにした。川端は後にこう釈明している。

広島の原子爆弾の惨害のあとを見聞した帰りに、古都の風光や古美術を見るのは、矛盾した自分であらうかと、去年の暮に思つてみたものだが、今年の春も思つてみた。しかし矛盾してゐるとは思へないし、やはり一人の私である。広島と京都とは今日の日本の両極端かもしれないし、そのやうな二つのものを私が同時に見てゐるわけであらうが、二つともなほよく見たいものである。古美術を見るのが、趣味とか道楽とかでないのは言ふまでもない。切実な生命である。（『独影自命』）

川端は何度か、広島と長崎に投下された原爆を小説にしたいと言った。それを実際に書くかどうかはともかく、執筆意欲を抱いた事実が、自分に生きている実感を与えてくれるのだと。ついに原爆小説を書くことはなかったが、戦争が終ってから集め始めた美術品は、一財産と呼べるコレクションになっていく。小さな美術品――ロダンの彫刻した手、能面、あるいは抹茶茶碗――が、夜を徹して机に向かう彼をどれほど支えたかについても書いている。深い感性と情感に恵まれ、だが時に物事を明瞭に言わないこの男にとって、美術は、慰めであるばかりか代弁者ですらあった。

　生涯の作家活動を通じて、川端はあらゆる書き方であらゆるテーマを書いたが、日本の伝統にあれほど浸りながら、驚くべきことには、谷崎や三島、安部でさえ手がけた歴史小説を一つも残していない。もう一つ、谷崎、三島と違うのは、前衛芸術運動の広報担当をつとめた時期があり、前衛的手法を最後まで捨てなかったことである。美しさと哀しみと（この二語を題名にした後期の作品がある）の称讃者にして日本初の前衛映画のシナリオ作者、日本的伝統の保護者にして破壊された街の探査者、この矛盾した様相が作品に与える複雑さが川端を、現代日本文学の至当なる代表者にしてノーベル賞のふさわしき受賞者にしたのである。

　現代日本の作家の中で、川端ほど不幸な身の上を持つ者はない。三歳にして両親を亡くした。その四年後には祖母が他界、さらに三年後の姉の死によって、彼は祖父と二人とり残される。葬儀に参列することが彼の人生の余りに日常的な行為になってしまったために、三島由紀夫は川端のことを〝葬式の名人〟と呼んだほどだ（その三島の葬儀でも川端は葬儀委員長を務めたのだ)。『葬式の名人』は、川端が最初期(大正十二年=一九二三)に発表した小説の題名でもあった。

川端少年は大阪北部の箕面(みのお)で育った。いつだったか私が、箕面公園の滝に行ったことがあると言い及んだ時、川端の顔が喜びに輝き、登下校に毎日通りぬけた公園だと語ったのを覚えている。祖父と二人で暮らす家への帰り道がさほど楽しかったはずはなかろうに。川端の最初の作品『十六歳の日記』は、大正三年(一九一四)に書かれたもので、その年、祖父が亡くなる一週間ほど前までの、五月の十三日間の出来事を記している。初めて出版されたのは大正十四年(一九二五)で、この時に川端が書いた「あとがき」によれば、完全に忘れ去っていたこの文書を伯父の家の蔵で見つけた時、「最も不思議に感じたのは、ここに書かれた日々のやうな生活を、私が微塵(みぢん)も記憶してゐないといふことだつた。……この祖父の姿は私の記憶の中の祖父の姿より醜(みにく)くかつた。私の記憶は十年間祖父の姿を清らかに洗ひ続けてゐたのだつた」。

日記を文体の面から検証した結果、日記は本物であるとの川端の主張にもかかわらず、おそらく出版時の大正十四年の創作ではないか、とする研究者がいる。その最も納得できる論拠は、当時の他の少年たちの文例に見られるような、いかにも十五歳の文学少年が用いるであろう装飾的文体で書かれていないことだ。執筆の時期はともかく、少年と死にゆく祖父との関係を極限まで突き詰めた作品であり、救いのない病人が少年の胸中に呼び覚ます愛――そして嫌悪――が、えり抜かれた細部描写によって伝わってくる。

最もよく知られた一節は、帰宅した少年が、今では視力を失いほとんど動けなくなった祖父が自分の帰りを待ちかねていたことに気づく場面であろう。祖父は少年に、溲瓶を持ってきて自分のペニスを入れてくれと頼むのだ。

仕方がない、前を捲り、いやいやながら註文通りにしてやる。

「はいつたか。ええか。するで。大丈夫やな。」自分で自分の体の感じがないのか。「ああ、ああ、痛た、いたたつたあ、いたたつた、あ、ああ。」おしつこをする時に痛むのである。苦しい息も絶えさうな声と共に、しびんの底には谷川の清水の音。

「ああ、痛たたつた。」堪へられないやうな声を聞きながら、私は涙ぐむ。

茶が沸いたので飲ませる。番茶。一々介抱して飲ませる。骨立つた顔、大方禿げた白髪の頭。わなわなと顫ふ骨と皮との手。ごくごくと一飲みごとに動く、鶴首の咽仏。茶三杯。

旧態然の文学の影響下にあった少年が、もっとも身近な肉親の死をかくも簡潔に書き得たとは信じ難い。だが、「日記が百枚になれば祖父は助かる」と少年が願をかける細部（ディテール）などは、真摯な響きに充（み）ちている。

川端の最初に活字になった小説『招魂祭一景（しょうこんさいいっけい）』（大正十年＝一九二一）は、『十六歳の日記』とは完全に異なる作風である。サーカスの曲馬乗りの娘とその友人の話を近代主義者（モダニスト）の作法で書き上げた一編だ。会話は断片的、時には謎（なぞ）めいた調子で、川端はあえて難解に仕上げている。構想に未熟さが残るものの、ポール・モランの『夜（よる）ひらく』（一九二二）の方法にも似た、ぎざぎざした調子の文体が注目された。登場人物に対する作者の傍観的態度――近代主義者の典型的な方法であるのみならず、川端の全作品にわたる典型的な姿勢――もまた賞賛された。

この時期の川端の最も重要な作品は『伊豆の踊子』（大正十五年＝一九二六）であり、この物語が彼に名声をもたらしただけでなく、今なおどの小説より、この一作によって川端の名は人々に記憶されている。時は大正七年（一九一八）の秋、結婚を考えていた娘に捨てられて気鬱（きうつ）に陥った川端は、それを振り落したく伊豆半島の徒歩旅行に出かける。旅芸人の一行に加わった川端は、自分を快く受け入れた一行の心意気に感激する。中でも女芸人たちが彼のことを「いい人ね」と語り合うのを偶然聞き、とりわけ満足する。自分は誰からも本気で好かれたことがないと確信していたからだ。老年の川端の写真に見る、あの端正な顔からは信じ難いのだが、若い頃は異様に見苦しかった。己（おのれ）の見苦しさを痛感していた彼は、だから一行がそんなことを気にもとめていないと気づき、安堵（あんど）したのだ。

『伊豆の踊子』の語り手（「私」）は、太鼓を叩（たた）く少女に心惹（ひ）かれ、自分の部屋で一夜を過ごさせたいと考える。ところが、露天風呂（ぶろ）の湯煙の中から彼女が裸で現れるのをたまたま目にした時、大人びた服を着て一人前の髪型に結ってはいても、まだほんの子供なのだと悟る。この発見は彼を失望させなかったばかりか、重圧からも解き放たれ、そのまま半島先端の下田（しもだ）まで、幸福な気分で一行に同道する。下田で踊子の一行と別れ、東京に戻る船に乗った時、語り手は涙を流す。だが、それは哀しみの涙ではない。

『伊豆の踊子』の人気は、現代日本文学には珍しく、青春の純愛を謳（うた）ったことに起因する。語り手の学生は踊子と寝たいと思うのだが、彼女が情交を持つには若すぎると知ってむしろ安心し、清められた思いさえする。踊子が象徴しているのは恋愛（ロマンス）そのものではなく、旅の情趣（ロマンス）であり、理想は汚（けが）されないほうがよい。川端は生涯を通じて、純潔不可侵な女性に魅せられていた。そんな女性だけを描いたわけではないが、川端にとっては、無垢な女性こそが美の真髄を意味していたように思われる。
川端自身は『伊豆の踊子』をふくむ一連の〝伊豆物〟を「旅行者の印象記」に過ぎぬものとして片づけてしまった。そう書いたのは昭和九年（一九三四）で、作品に対する自負と共に川端がいつも見せた極度な謙遜を反映しているが、あるいは、そう確信していたのかも知れない。『伊豆の踊子』執筆の頃の川端は、新感覚派という近代主義的な文学運動の一派に深く関わっていたからだ。この運動のために書いた論文の中で、「新しさ」がすべてであると言い、出来合いで型通りの表現への倦怠を打ち明けている。

未知なるものを知らうとして、私たちは目を輝かせてゐる。新しいものに就て歓ばしく語り合ふことを、お互同志の挨拶としてゐる。「お早う。」と一人が云つて「お早う。」と相手が答へるのは、もう退屈なのだ。昨日と変らず今日も太陽が東から昇るやうな、相も変らずな文芸には、大分倦いて来た。「猿の子は母猿の腹にぶら下つて歩くものですね。」と一人が云ふと、「白鷺の足の指は実に長いですね。」と相手が挨拶するのが面白いのだ。

（「新進作家の新傾向解説」）

新感覚派の特質がよく出た川端の最も実験的な作品、『水晶幻想』の発表は昭和六年（一九三一）だが、未完成のままである。この作で川端は日本の近代主義文学者たちがジェイムズ・ジョイスに結びつけて捉えた〝意識の流れ〟の技法を実践した。後年、『ユリシーズ』の翻訳本を読んだだけでは飽きたらず、原書を手に入れて両書を比較検討したことを川端は明かしている。ジョイスの影響は、長続きしなかったとはいえ、考慮に値する。『水晶幻想』では、登場人物の語らざる思念を（　）に入れて示した。また、段落が長いのは、明らかにプルーストの直接的な、あるいは友人の小説家、横光利一を経由しての影響である。この作品は川端が後に書いたどの小説にも似ていないが、心象描写や言葉づかいまで、後々の作品と奇妙に一貫している。以下は（　）に入れた思念の流れの一例、その出だしである。

（先生を微笑ませた少年は、ほんたうにいい子だわ。婦人科医であつた、彼女の父の診察室。手術台の白いエナメル。腹を上にした、大きな大きな蛙。診察室の扉。把手の白いエナメル。白いエナメルの把手のついた扉の部屋の中には、秘密がある。今でも私はさう感じる。エナメルの洗面器。白いエナメルの把手に手を触れようとして、彼女がふとためらつてゐる、幾つもの、そしてあちらこちらの部屋の扉。白いカアテン。女学校の修学旅行の朝、白いエナメルの洗面器で顔を洗ふ同級生を見た時に、ふと私は男のやうにその人を愛したくなつたのだわ。……）

一見したところ出鱈目（でたらめ）な連想としか思えないこの記述の数行後にジークムント・フロイトの名が挙げられているのは暗示的である。右の思念の流れの女性には子供が生まれず——それには彼女も夫も失望している——この後、彼女の雄犬を別の女性が所有する雌犬に種付けさせる場面でも、生殖をめぐって彼女の思念は流れ始める。『水晶幻想』という題名は、占い師が過去と未来を見透かす水晶の玉に由来しているが、この小説に限らず、川端には作品を完結できないことがよくあった。ついに了（りょう）し得なかった物語は数多く、完成形に至った作品でも、決定版になるまでには章が増えたり減ったりするのだった。

川端が最も得意であったと思われる表現形式は、超短編小説（ショート・ショート）である。彼自身が掌（たなごころ）の小説（掌中に収まるくらいの物語）と呼んだそれは、大正十年（一九二一）から昭和四十七年（一九七二）までの間に百四十六編が書き上げられた。O・ヘンリーばりに仕掛けのある結末から破片のような断想に至るまで、あらゆる小説作法が呈示された。最も成功しているのは、彼の小説の主題を結晶させるかのように、僅（わず）かな文で忘れられない情感を作り出したものだ。自殺の直前に書かれた絶筆でも、『雪国』を〝掌中に収まるくらい〟に縮小させようとしていた。

長年、極めて私的な生活を送ってきた川端が、昭和八年（一九三三）以降、積極的な形で文壇に関わり始める。その翌年、内務省警保局長の運営する文芸懇話会会員に任ぜられたのは、当の川端にとっても驚きだった。この任命は、彼が当局から〝安全な作家〟と見なされていたことを意味している。会の究極の目的は、政府当局と一部文壇との組織的な協同によって文学活動を統制することにあったが、表面上は日本文学の〝文芸復興〟を促す真剣な試みを代表するものだと訴えていた。

昭和十二年（一九三七）、川端の『雪国』が第三回文芸懇話会賞に選ばれた。この頃には当局の文学に対する意図が弾圧的な性格のものであることはあからさまになっていた筈だが、川端は受賞を辞退しなかった。自分が利用されていることに気づいていなかった可能性もないではないが、同じ時期に、言論の自由を訴える論文を、さらには反逆精神の重要性を主張する論文を発表し続ける。「世の常習道徳への反逆を外にしては、純文学などあらう道理はないのである」と彼は書いた。超俗性は川端という人間の基部だが、作家に影響が及ぶ問題について語る時、何をはばかることもなかった。

一九三〇年代（昭和五―十四年）の川端の作品は、決して国家主義的でも、軍部にとり入ろうとするものでもない。ある語や句が検閲で削除される場合はあったが、概して反応を気にかけることなく、書きたいように書けた。一九二〇年代後半から三〇年代初頭、つまり昭和初期の十年間は、プロレタリア批評家が文芸批評を支配した時期であり、川端が左翼の姿勢に共感していないのははっきりしていたが、彼らの執筆したものの価値を公然と否定することも決してなかった。ほぼ十年後、川端は〝文芸復興〟を標榜する右翼の指導者たちと関わりを持ったわけだが、彼自身にはほとんど変るところがなく、島木健作への文芸懇話会賞の授与が、かつて〝国策〟に反対したことを理由に取り止めになった時、川端は抗議し、島木の心底にマルクス主義支持者の傾向が未だに潜んでいるか否かを確かめるなど、選考委員会の能力を遥かに越えている、と述べたのだ。

昭和七年（一九三二）から九年にかけて、川端は不定期に『父母への手紙』を発表し、かすかな記憶もない両親に語りかけている。その中で、なぜ子供を持つことを望まずに来たのかに触れ、自身が苦しめられた〝孤児の気質〟が子供に受け継がれるのを怖れたから、と告白する。人といるより動物といるほうが快適だとも言明する。最後の手紙の末尾近くになって、彼は子供時代の記憶に立ち返る。祖父が死の床にいる間、川端少年は陰気な家から夜な夜な逃げ出したのだ。年老いた祖父をただ一人残した自分の残酷さを思っては、永年、苦悩に喘(あえ)いできた。手紙は画家だった友の死で締めくくられる。「葬式の名人」は、ここでも慣れた手つきで友のまぶたを閉じた。

『父母への手紙』第一信の一ヵ月後に発表された『抒情歌(じょじょうか)』（昭和七年＝一九三二）は、ひたすら死を沈思した作品で、その構成はほとんど超現実主義(シュールレアリスム)である。川端は、昭和九年に近作の中では『抒情歌』がいちばん好きだと記している。この一編は、その時点までの彼の思想の精髄であると同時に、以後の展開をも予感させ、詩的で芸術的な宇宙(システム)としての仏教にのめりこんでいく様子が現れている。

> いったい西洋人のあの世の幻想は、仏典の仏達の住む世界の幻想にくらべますと、なんと現実的で、さうして弱少で卑俗なことでありませう。……仏教の経文(きやうもん)の前世と来世との幻想曲をたぐひなくありがたい抒情詩だと思ふ今日この頃の私であります。

『抒情歌』の二年後に発表された『文学的自叙伝』にも書いている。

私は東方の古典、とりわけ仏典を、世界最大の文学と信じてゐる。私は経典を宗教的教訓としてでなく、文学的幻想としても尊んでゐる。……西洋の近代文学の洗礼を受け、自分でも真似ごとを試みたが、根が東洋人である私は、十五年も前から自分の行方を見失つた時はなかつたのである。

この一文は、疑う余地もなく、真摯な言明である。が、にもかかわらず、川端には過ぎ去りし日本に立ち戻るつもりはまるでなかった。『抒情歌』でも仏教だけでなく、キリスト教をも援用している。技法を見ても、ジョイスはじめ同時代の西洋文学から読みとったもので、細部描写（女が恋人を霊視する場面に見るような）でさえも東洋とは別の世界から汲みあげられている。

あなたは蓄音機でショパンを聞いていらつしやいます。お部屋の壁は真白、古賀春江さんの油画と広重の木曾の雪景色の版画とが向ひあつてかかつてゐて、壁かけのインド更紗の模様は極楽鳥、椅子のカヴアは白ですけれど、なかは緑がかつた革ですわ。やつぱり白い瓦斯ストオヴの両端には、カンガルウのやうな装飾がついてゐて、テエブルの上に開いた写真帳の頁は、イサドラ・ダンカンのギリシヤの古典舞踊。一隅の飾り棚には、クリスマスのカアネエシヨンがそのまま、……

ショパン、極楽鳥、カンガルー……と、異国を思わせるこの場面でも、川端は何か日本的なもの、もっとはっきり言えば仏教的なものを見出(みいだ)していた。白さへのこだわりにも特別な意味がある。白は色のない状態ではなく、「最も多くの色を持つてゐる」色だと信じていた。さらに、川端が心を打たれた古賀春江の超現実的な絵の子供のような単純さは、「東方の古風な詩情の病ひ」や「(理知の鏡の表を流れる)遥かなるあこがれの霞(かすみ)」に根ざしたものであると、川端は『末期(まつご)の眼(め)』(昭和八年＝一九三三)に書いた。そして古賀の絵は「単なる童話ではない。をさなごころの驚きの鮮麗な夢である。甚だ仏法的である」と結論づけている。

川端は東洋と西洋とを行きつ戻りつしていた。彼は谷崎の初期作品に見えるような無条件の西洋礼賛は決してしなかったが、拒絶することも決してなかった。まるで画家、古賀春江のように――パウル・クレーによく似た色彩で出発した彼は、〝東洋の〟色に移り、それから西洋の色に再び戻りながら、死の直前に東洋の伝統へのまた新たな関心を見せた――作家、川端康成の進展も、まず西洋近代主義に魅せられた後に一直線に〝東洋回帰〟したのではなかった。

昭和九年（一九三四）初夏、川端は新潟の湯沢温泉に滞在する。同じ年の冬、二度目の滞在の時に、彼の最も有名な小説『雪国』を書き始めた。第一章が「文藝春秋」に載ったのは翌昭和十年一月で、以後、昭和十二年五月まで、続く各章がさまざまな雑誌に発表されるのだが、川端は明らかに各々の章が独立した一編として読まれることを想定していた。この作は文句なしの評価を受け、本もよく売れた。それまで主に批評的な随筆で知られていた川端を、この一作が主要な小説家へと押し上げたのである。当然、誰もが完結した作品と思っていた『雪国』には、昭和十四年（一九三九）、翌十五年と新たな章が加えられ、昭和二十二年（一九四七）に最後の一章が書かれた。

『雪国』の筋は、川端の他の成功作同様、簡潔でありながら捉えどころがない。裕福な好事家の島村は、ある冬、半年前に滞在した山中の温泉を再訪する。列車が長いトンネルを過ぎて〝雪国〟に入り、信号所に停まった時、同じ車輌にいた娘が、駅で働く自分の弟に目をかけてくれと駅長に頼んでいる姿を見かける。島村が温泉宿に着くと、芸者の駒子が彼の部屋にやって来る。島村が駒子を恋しく思っていた以上に、彼女は彼を待ち焦がれていたのだ。島村の部屋で過ごすことが多くなって行く駒子は、しらふだったり、ひどく酔っていたりする。島村は駒子に強く惹かれているのだが、彼女を愛することが出来ないかのようにふるまう。彼はまた列車の中で見た葉子にも惹かれている。小説の最後は火事の場面で、燃え盛る繭倉(まゆぐら)の二階から葉子が跳び降りる。階下で彼女を抱きしめるのは駒子だ。いつもながらの傍観者である島村は、なすすべもなく立ち尽くしている。

激しい感情とあけすけな官能性を有する女性、駒子がこの作品を支配している。彼女は川端が描いた女性で最も成功した登場人物(キャラクター)であり、川端が他の小説を一切書いていなかったとしても、駒子の肖像が川端に、女性心理の達人という世評をもたらしたことだろう。わずかに登場するだけの葉子もほとんど同じくらいに魅力的だが、島村はとるに足りない人物である。彼について我々が主に知り得るのは、一度も実演を観(み)た経験がないのにバレエの専門家を気どっていることくらいだ。島村のこの興味は一九三〇年代頃の川端自身が舞踊に魅せられていたことと一致する。島村が温泉に滞在した時期も川端の湯沢滞在と重なるのだが、彼は、この物語にモデルがいたかどうかは重要ではない、と断じている。

「雪国」が愛読されるにつれて、場所やモデルを見たがる物好きもあり、温泉宿の宣伝にまで使はれるやうになつた。モデルがあるといふ意味では駒子は実在するが、小説の駒子はモデルといちじるしくちがふから、実在しないと言ふのが正しいのかもしれぬ。島村は無論私ではない。つまるところ駒子を引き立てる道具に過ぎないのだらう。それがこの作品の失敗であり、また成功なのかもしれぬ。作者は作中人物としての駒子のなかに深くはいり、島村には浅く背を向けた。その意味で私は島村であるよりも駒子であるところもあらう。私は意識して島村をなるべく自分と離して書いた。

この「雪国」の出来事や感情も実際といふよりは想像が勝つてゐる。殊に感情は駒子のものも私のかなしみにほかならないので、そこに人に訴へるところがあるのかと思ふ。

（『独影自命』）

川端はある時、『雪国』はどの段階でもすぐ終りにすることが出来たと語っている。そもそも短編を書くつもりだったのに、書き残した材料があって、それを別の雑誌に寄稿する物語に組み入れたと。一つの章が次なる章を導き、昭和二十二年（一九四七）に最終章を書いてからでさえ、駒子と葉子の関係についてもっと書くべきだと考えていた。読者は『雪国』の最後で何が起ったのかを正確に理解するには苦労するかも知れないが、そんな印象も、著しく捉えどころのない作品にはふさわしいと言えよう。

この小説の真価は、文体が読者の想像力を喚起する点にある。より写実的な作家であれば重視したであろう島村と駒子との関係をめぐるほとんどの事柄を、省くか、もしくは節約しているために、書かれていることすべてを注意深く読まなければならない。日本語に本来備わっている、曖昧（あいまい）でも表情に富む疎通力の可能性に、川端は信を置いたのである。交わす言葉が火花を散らすことはなく、艶（つや）めきもせず、すねたように遠回しに響く。ところが駒子が島村の部屋でいとま乞（ご）いをする時、彼女が島村のそばから一歩も動くつもりはないことに我々は気づくのだ。『雪国』は——おそらく現代日本におけるどの小説よりも——芸者のみならず日本女性に独特の魅力をよく伝えている。川端が古典文学のどの作品から恩恵を受けたかを特定するのは難しいが、全体的な印象としては平安文学を思わせる。知覚から知覚へと跳躍する自由な連想は近代主義者（モダニスト）のものであっても、『雪国』の終り方は日本のあらゆる伝統的な芸術作品と同様、じらすように曖昧で、申しぶんなく美しい。

昭和十三年（一九三八）、囲碁の名人、本因坊秀哉（ほんいんぼうしゅうさい）と若い挑戦者との一連の対局が行われた。中学時代にまで遡る囲碁愛好歴を持つ川端は、七月から十二月まで、この対局の観戦記を「東京日日新聞」、「大阪毎日新聞」に発表した。やがてこの題材を小説の形に仕立て直そうと決意して書いたのが『名人（めいじん）』である。この極めて短い一編の執筆開始は昭和十七年（一九四二）だが、昭和二十九年（一九五四）まで完成しなかった。川端は対局そのものの美に惹かれたのだ。たとえそれが何の役にも立たぬとしても。対局の勝者は、老名人を引きずりおろす野心に満ちた成りあがりの若造では全くなく、敗北が運命づけられている老いた対戦相手を尊敬し、畏怖（いふ）の念さえ抱いている。『名人』は、二人の男の勝負への献身を描いて印象的であり、刺激的ですらある。また別の次元からこの作品を見るならば、生涯を芸術に捧（ささ）げる人間の天性についての、川端自身の声明（ステートメント）である。老名人と新名人は、政治・経済・社会的な利害と一切関りのない勝負に没頭しきっている。川端の姿勢そのままに。

戦時中、川端は、数多（あまた）の人々を死に追いやる、日本という国の特異な性質を把握しようと試みる。彼は、戦乱の世であった室町時代と自分の時代とを重ねて見ていた。昭和二十三年（一九四八）、戦争を振り返って川端は語る。

> 私は戦争からあまり影響も被害も受けなかつた方の日本人である。私の作物（さくぶつ）は戦前戦時戦後にいちじるしい変動はないし、目立つ断層もない。作家生活にも私生活にも戦争による不自由はさほど感じなかつた。また私はいはゆる神がかりに日本を狂信し盲愛した時のないのは言ふまでもない。私は常にみづからのかなしみで日本

人をかなしんで来たに過ぎない。敗戦によつてそのかなしみが骨身に徹(とほ)つたのであらう。かへつて魂の自由と安住とは定まつた。

私は戦後の自分の命を余生とし、余生は自分のものではなく、日本の美の伝統のあらはれであるといふ風に思つて不自然を感じない。

(『独影自命』)

日本の敗戦が明白になり始めた頃、川端が何にもまして自分への慰藉(いしゃ)としたのは古典、なかでも『源氏物語』だった。空襲に備えて防火群長をつとめた折の経験を、彼は次のように回想する。

戦争中、空襲もいよいよはげしくなつてから、灯火管制の夜の暗さや横須賀線の無慙(むざん)な姿の乗客のなかで、私は源氏物語湖月抄(こげつせう)(源氏物語の註釈書)を読んでゐた。和本に木版の大きくやはらかい仮名書きがそのころの灯火にも神経にもよかつたのである。読みながら私はよく流離の吉野朝(南朝)の方々や戦乱室町の人々が源氏物語を深く読んだのを思ひ出したものであつた。警報で見廻りに出ると、明り一点もれぬ小さい谷に秋か冬の月光が冷たく満ちた夜など、今読んでゐた源氏物語が心にただよひ、また昔源氏物語を悲境に読んだ古人が身にしみて、私に流れる伝統とともに生きながらへねばと思ふのであつた。

また、別の回想から――。

私は自分を死んだものともしたやうであつた。自分の骨が日本のふるさとの時雨に濡れ、日本のふるさとの落葉に埋もれるのを感じながら、古人のあはれに息づいたやうであつた。

その心沈みを生涯の涯と言ふのはをかしいが、私は敗戦を涯としてそこから足は現実を離れ天空に遊行するほかはなかつたやうである。元来が現実と深く触れぬらしい私は現実と離れやすいのかもしれない。世を捨て山里に隠れる思ひに過ぎないであらう。

しかし現世的な生涯がほとんど去つたとし、世相的な興味がほとんど薄れたとしたところから、私にも自覚と願望とは固まつたやうである。日本風な作家であるといふ自覚、日本の美の伝統を継がうといふ願望、私には新なことではないが、そのほかになにもなくなるまでには、国破れた山河も見なければならなかつたのであらうか。

（『独影自命』）

川端の戦後の活動は、しかしながら、決して世捨て人のものではなかった。それどころか、以前より多忙になっていた。作家としてのみならずペンクラブ会長として、さらには出版社、鎌倉文庫の取締役として。昭和二十七年（一九五二）、小説二編『千羽鶴』と『山の音』を一巻本で刊行、これにより芸術院賞を得た。両作ともに重要で、感動の深い作品である。また、〝中間小説〟と呼ばれる種類の作品をいくつか新聞連載したほか、際立った二編の中編小説、『眠れる美女』（昭和三十五—六年＝一九六〇—六一）と『片腕』（昭和三十八—九年）を発表する。

『眠れる美女』は、奇妙な密会を目的に秘密の家を訪れる、江口なる男の物語である。この家では、性的能力がないと見受けられる老人たちが、大量の薬で眠らされた裸の娘たちと添い寝をするのだ。もの言わぬ女のそばで江口が過ごす五夜の物語は極めて念入りに組み立てられており、美を喚起する川端の天才がこれほど顕著に発揮された例は他のどこにもない。娘たちが裸で、しかも眠っているために、服装、宝飾品、話し方など、通常ならその人物の背景や性格を知る手がかりとなる外的要素がなく、娘たち一人一人を区別することは出来ない。ところが、どの娘もそれぞれはっきりと読者の記憶に残るのだ。

『片腕』の書き出しは、こうだ。

「『片腕を一晩お貸ししてもいいわ。』と娘は言った。そして右腕を肩からはずすと、それを左手に持って私の膝においた」

語り手の「私」――川端が一人称の語り手を用いた稀な例の一つである――は「片腕」と話をするうちに、かつて交渉のあった女たちの記憶が蘇る。「私」と「片腕」はしばし穏やかに寄り添っていたが、突如「私」は「片腕」を自分の身体に取り付けようと決心する。「うっとりとしてゐるあひだのことで、自分の右腕を肩からはづして娘の右腕を肩に」取り付けて眠る。しかし目が覚めた時、自分の腕がベッドに横たわっているのを見て肝をつぶす。「私」は「片腕」を外して自分の腕と付け替える。そして「片腕」を抱きしめ口づける。

『片腕』の意図は、おそらく決して明かされることはないだろう。そもそも意図などなかったかも知れない。睡眠薬の影響があったかも知れない。ただこの物語に不可思議な知覚の瞬間瞬間を読むことが出来る、それだけである。ここで使用されたのは超現実主義の技法であり、すなわち最初期の川端への回帰である。

昭和四十三年（一九六八）十二月にノーベル賞を受けて後、川端はほとんど何も書かなかった。書出しめいた断片は、かなり残っているのだが。ノーベル文学賞を受賞した初の日本人としてもてはやされ、三度目となる全集も出版された。しかし、昭和四十五年十一月、三島由紀夫の自殺が川端をことさら苦しめる。かつて若き三島の才能を発見した当の本人である川端を。

昭和四十七年（一九七二）四月十六日、川端は海を見下ろす逗子（ずし）の部屋（アパートメント）に出かける。原稿を書き慣れていたこの部屋で、川端はガスを吸入して自殺を遂げた。遺書はなかった。大多数の日本人は、驚くよりも、その自殺を自然死とあまり変わらぬものとさえ感じた。しかしながら、彼を近しく思っていた人々は、落胆し失望を感じたに違いない。川端が、日本の風光に、女性に、芸術に見出した美をもってしても、まだ見ぬ領域への探査（エクスプローリング）に向かう、この永遠の旅人を引き止めることは出来なかったのか、と。

三島由紀夫

この世に存在したすべての日本人のうち、三島由紀夫（みしまゆきお）はおそらく世界で最も有名な日本人であろう。日本の天皇、政治家や軍人、科学者や詩人の名を一つも挙げられない欧米人が、三島の名前なら知っている。たとえ作品は知らずとも。言うまでもなく、これは主に世界を愕然（がくぜん）とさせたあの自決の結果ではあるが、事件前でも三島は「Esquire」誌が選んだ「世界の百人」の中で唯一（ゆいいつ）の日本人であり、国際放送されたテレビ番組にただ一人出演した日本人だった。

昭和四十五年（一九七〇）十一月二十五日の三島の死は、衝撃となって日本国民に達した。多くの者が戦前の日本を支配した右翼の国家主義の再燃を怖（おそ）れて危ぶんだ。当初の衝撃がひとたび過ぎれば批評家が、なぜ三島は自殺し、その決行の手段として切腹という断腸の儀式を選んだのかを解説し始めた。作家数名は、自分が自殺に追いやられる理由を想像してだろうが、三島はもう書けないと自覚したがために自死を選んだのだと見解を述べた。時の総理大臣は三島の自殺に、狂気の沙汰、というレッテルを貼った。以来、数多くの解釈が発表されてきた。私自身の考えを簡潔な言葉にするなら、彼の死は、ある特種な美学に捧げられた人生が必然的に行き着いた極点である。

三島最後の作品となった檄と二首の辞世では、祖国で幅をきかす嘆かわしき事態を憂えるあまり、己の生命を差し出すことで諫めの道とした無骨な戦士の姿に自身を描いている。死後の名前（戒名）には「武」の一字を入れるよう指示した。確かに彼は、左翼過激派の示威行為の前に秩序を維持しきれなかった自衛隊——日本軍——に義憤ばかりか苦悶さえ感じていたのだろうが、それでも私には、あのような行動は一種の自己催眠であり、作家であるよりは愛国者なのだと自分自身を納得させる努力の一端だった、という考えを抑えがたいのである。

その昭和四十五年の六月、日米安保条約の更新前夜、私と三島は食事の場に向かうタクシーの中にいた。昭和三十五年の安保改定に反対するデモから十年、この年の騒乱は遥かに大きな規模になるだろうと広く予想されていた。この予想をおそらく信じていた三島が、ささやかな私兵集団「楯の会」を結成したのは、暴徒から皇居を守る目的があってのことだったかも知れない。もちろん、私兵百名では、皇居に押し入ろうとする数万人のデモ隊を抑えられる筈がないのだが、死に果てることなら可能であろうし、それこそが三島の真の目的だった。ところが、タクシーが国会議事堂にさしかかった時、そこにはデモ隊の気配すらなく、暇をもて余した警官たちが、その夜は使いそうにもない楯と棍棒を抱えているだけだった。三島が自裁しなければならぬと決意したのは、もはや皇居の石段で討ち死にする機会は永遠に失われたと痛感したあの夜……まさにこの時だったのではなかろうか。

文学作品としての絶筆は昭和四十五年十一月二十三日の短歌一首で、すなわちそれは、三島の自己犠牲を見届けるために選ばれた青年数名と共に陸上自衛隊市ヶ谷駐屯地へと赴く二日前の作である。

散るをいとふ
世にも人にも
さきがけて
散るこそ花と
吹く小夜嵐

Storm winds at night blow
The message that to fall before
The world and before men
By whom falling is dreaded
Is the mark of a flower.

（ドナルド・キーン訳）

この短歌は、無数の武士や軍人が死を前にして書いた辞世の詩歌の言葉と心象の寄せ集め（パスティーシュ）である。「散る」はもちろん、死を意味している。人は死を思って怖れるものだが、三島は死ぬことによって自分が、いちはやく花を散らす桜さながら、いつでも命を捨てる覚悟の出来た男の中の男、侍という花であることを証（あか）してみせよう、というのだ。

これより数カ月前、同年七月に三島はもう一つの短歌を詠（よ）んでいるが、これも辞世と見て間違いない。

益荒男（ますらを）が
たばさむ太刀の
鞘鳴（さやな）りに
幾とせ耐へて
今日の初霜

For how many years
Has the warrior endured
The rattling of
The sword he wears at his side:
The first fall of frost came today.

（同前）

「初霜」にどんな意味を託したかは定かでないが、七月の作歌に用いるのはいかにも場違いである。彼は四カ月前のこの時すでに、地面を霜が覆う十一月の死を見越していたのだろう。

この二首は彼の最後の短歌であると同時に、昭和十七年（一九四二）、十七歳の吟以来、最初の短歌でもある。彼は二十八年間、自分の感情表現の手段として、日本の古典的な韻文形式を敢えて使用する必要を感じなかったが、この世への告別の短歌は、自分が演じきると決意した、死に臨む侍の役柄を形どる要素の一つであった。また、老衰によって、あるいは悪い風邪をこじらせて死を迎えた人々が残した辞世の場合、作者の死の事情を読みとりがたいこともしばしばあるが、三島の辞世は何とも予兆的だ。彼は告げる。ことここに至るまでは己が刀のたてる音には耳をふさぎ、己が怒りも抑えるようにしてきたが、ついに我慢の限界に達した今こそ、刀の意のままにさせたく思う、と。

十一月二十三日に辞世を作った直後のことと思われるが、三島はアイヴァン・モリスと私を含む旧友三人に別れの手紙を書いた。私が受け取った手紙は、死の覚悟を告げるその文章の雰囲気をつとめて軽くするかのように、「小生たうとう名前どほり魅死魔幽鬼夫になりました」と始まる。私は彼の名前を書く時、当り前に〝三島由紀夫〟ではなく、しばしば、彼がこの手紙に書いたような字や〝未死魔幽鬼尾〟といった字を当てたものだ。私の名前を書く時に〝奇院〟などとおかしな漢字を使う三島への〝復讐〟だったのだが、私のこの冗談は、初めから彼の死を予期していたかのような、忌まわしい含みを持ってしまった。これが私への最後の手紙になると知りながら、私のささやかないたずらを三島が思い出したりしているのは奇妙なことだが、そんな回想が、侍の最後の行為にふさわしく思えたのかも知れない。手紙には、ずっと以前から文士としてではなく武士として死にたいと思っていたと書かれている。

同じ手紙の中には一つ、明らかに彼の選んだ役柄にそぐわないことが書かれていた（アイヴァン・モリスに宛てた手紙にも）。彼は、アメリカの出版社は物故した海外の作家の作品は出版したがらないと、どこかで聞かされていた。これはまったく事実ではないのだが、どういうわけか、そう信じこんでいた彼は、アイヴァンと私に、遺作となる『豊饒の海』全四巻の翻訳、出版を確実なものとするために、あなたの出来るあらゆることをして欲しい、と書いていたのである。だが、今まさにあれほど度外れな方法で自殺を遂げようとしている、文士であるよりはむしろ武士として死のうと決心した男が、自作の翻訳本が外国で出版されるかどうかを気にかけるものだろうか。言うまでもなく、ただ侍としてだけ死ぬことは彼には不可能だった。いかに拒絶しようとも、文学は三島を形づくる余りにも大きな部分を占めていたのだ。

三島の最初の主要な長編である『仮面の告白』が出版されたのは昭和二十四年（一九四九）、二十四歳の時だった。彼は作中、いかに自分が他人の前では仮面を被らざるを得ないか、を告白する。当初、仮面は自己防衛の手段だった。三島が常に公然と激しい嫌悪を示した作家、太宰治がそうであったように。太宰は幼少の頃から自分が周囲の人間とはいかに違うかに気づいていたと言い、仮面を被って彼らと同じ人間であるかのようにふるまうことしか、他人から己を守る術はない、と書く。自己憐憫の表情を浮べていたであろう素顔を隠すのが、太宰の仮面である。三島が仮面をつけたのは、まったく異なる理由からだった。彼の努力はいつも、自分の本当の表情を人々の凝視から隠すことではなく、彼が選んだ仮面に自分の顔を作り替えていくことに向けられた。彼は仮面を、太宰が仮面の裏側で大事に守った繊細さ、臆病風、自己憐憫を克服するために用いたのである。仮面を生きた肉体の一部へと昇華させた三島は、しっかりとそれを被ったまま死んだ。ついには仮面の態度が三島自身の心構えと合体して、仮面をつけていることさえ意識しなくなっていたのではないか。

単純で屈託のない行動的な男という仮面と三島が共有する要素が一つあり、それは、夭折の美に対する信念だった。学習院中等科時代の彼は、一九三三年に二十歳で死んだフランスの燦然たる作家、レイモン・ラディゲの小説と人格に強く惹かれていた。三島は作家としての全生涯を通じて若さに、とりわけ夭折に憧れたままでいた。ファウスト博士がようやく老年に至って若さを渇望したのとは異なり、三島は極めて若年から若さ――永遠の若さではなく、突然、劇的に散る桜のごとく終る若さ――に焦がれていた。彼は昭和四十一年（一九六六）、四十一歳の時に、「私の癒やしがたい観念のなかでは、老年は永遠に醜く、青年は永遠に美しい。老年の知恵は永遠に迷蒙であり、青年の行動は永遠に透徹してゐる。だから、生きてゐればゐるほど悪くなるのであり、人生はつまり真逆様の頽落である」と書いた。

三島が鎌倉末期（十四世紀）の仏教僧、吉田兼好の影響を受けたかどうか、私には証明できないが、三島と兼好の言わんとするところは際立って相似している。以下は兼好が『徒然草』に記した一節である。

> 住み果てぬ世に、みにくき姿を待ちえて（醜い姿になるまで生き延びたところで）何かはせん。命長ければ辱多し。長くとも、四十に足らぬほどにて死なんこそ、めやすかるべけれ（見苦しくなかろう）。
>
> そのほど過ぎぬれば、かたちを恥づる心もなく、人に出で交らはんことを思ひ、夕の陽に子孫を愛して、さかゆく末を見んまで（栄えゆく将来を見届けるまで）の

命をあらまし(期待し)、ひたすら世をむさぼる心のみ深く、もののあはれも知らずなりゆくなん、あさましき。(七段)

ものの滅びやすさを強調した兼好は、日本的な美学の発展に巨大な影響を与えた。日本人なら『徒然草』を読んだことのない人でも、そのような信念に共感できることは、桜の花への特別な愛着を見ても分かる。なるほど桜の花は気高く美しい。しかし、梅の花や桃の花の顔色(がんしょく)をなからしめるほどではない。それでも日本人はいたる所、桜に向かない気候の地方にさえ桜の木を植え、梅や桃には乏しい関心をしか示さなかった。桜の花の最大の魅力は、花そのものの美しさよりも、散りやすさにあるのではなかろうか。梅の花はひと月近くも枝に残り、他の果樹が咲かせる花も一週間は保(も)つのに、桜の花はたった三日で散ってしまう。その上に桜は、(梅や桃のような)食用の果実が生(な)ることもない。日本人はわずか三日の栄華のためにだけ桜の木を植えるのだ。

三島がくり返し強調した夭折の美というのも、これと同じ起源を持つものではなかったかと思う。彼の没後一年を記念する追悼の会で、著名な批評家の山本健吉(やまもとけんきち)は、人生にはそれぞれの時期に応じて咲くそれぞれの〝花〟があると説いた偉大な能作者、世阿彌(ぜあみ)の言葉に、なぜ三島は心をとめなかったのだろうか、と述べた。もし三島が四十五歳で自決していなければ、以後、彼の芸術は若年ではなし得ない仕方の花を咲かせ、そうした円熟の成果が三島文学全体に光彩を加えたことだろう、と山本は確信していた。私は、三島がそれに同意したとは思えない。老いの忍びよるあらゆる徴候は――トラック競技ですぐに息切れしたり、食の嗜好も変って伝統的な和食が口に合うようになったりした自覚さえ――夭折できなかった三島の後悔を、いよいよ搔き立てたのだから。

三島には戦時中、夭折の絶好の機会があった。それは召集令状が届いた時である。その前年の徴兵検査においては、父親の勧めに従って、父祖代々の故郷であり書類上の本籍地である兵庫県で検査を受けることに決めたようだ。彼が生まれ育った東京なら、栄養不良の体格などは見過ごされただろうが、兵庫で、農家出身の屈強な若者たちに混じれば、彼は衰弱していると思われるほど弱々しく見えただろう。結果は第二乙種合格だった。ところが翌年、召集に応じて出向いた入隊検査の当日、たまたま三島は風邪をひいており、経験の乏しい若い医者に、その熱とひどい咳はいつものことなのかと問われた彼は、深刻にうなずいてみせたのである。かくて何でもない風邪を肺浸潤と診断され、即日帰京を命じられた彼の、喜びと安堵……。日本では近年、三島が軍隊や夭折に魅せられたのは、入隊検査の不合格で味わった屈辱への反動だとする批評があるが、私はそうではないと思う。もし本当に入隊を願っていたのなら、医師の質問に正直に答えることが、彼のしなければならないことのすべてだったからである。だが、四十代になった彼は、兵役に服さなかったために逸したものがあると感じていたように思う。自衛隊での訓練を体験する許可を得て、明らかに三島は同志の友情を楽しんだ。自分の半分ほどの年齢の若者たちに囲まれ、冗談を交わし、粗末な食事を共にして。もし、彼が自分の戦時体験に何らかの罪悪感を抱いたとすれば、それは入隊検査に落ちたからではなく、死に損ねたからである。その検査に通っていれば入っていたはずの部隊は、時を経ずしてフィリピンで全滅したのだった。

『仮面の告白』の主人公の「私」は、夭折に心を奪われ、やせこけて魅力のない自分の身体(からだ)に何らかの奇跡が起き、殉教した聖セバスチャンの栄光に達することを夢想する。いつだったか私は三島に、『仮面の告白』中に描かれた「私」の中学時代の作文(聖セバスチャンについての散文詩を含む)は、中学生だったあなたが実際に書いたものではないかと訊(き)いたことがあり、彼はその通りだと答えた。矢に貫かれて死ぬ美しい若者への憧憬(しょうけい)は、早くから現れていたのだ。小説の「私」は、グイド・レーニ描く「聖セバスチャンの殉教」の複製画を見ながら初めて射精を経験したと告白する。三島は以後の作品でも聖セバスチャンの死に触れ、時にはそれに代る同様の例として、その血が流されねばならなかった若き神、アドニスに言及することもあった。この主題は一九六〇年代（昭和三十五―四十四年）に格別顕著である。

三島作品の主人公はしばしば夭折する、もしくは夭折を夢見る男たちである。『金閣寺』の「私」は、戦時の日本壊滅のさなか、崇拝する金閣と共に滅びたいと熱望した学生僧だ。この建造物が戦火を無傷でくぐり抜けた時、金閣と共に死ぬことを今なお望む彼には、もはや自分の手で金閣を破壊するしかなくなってしまう。『豊饒の海』第二巻『奔馬』の主人公も同じような年齢の少年で、日本を覆う精神の腐敗に激昂する彼は、忌み嫌うものすべての象徴たる一人の政治家を刺殺して後、同じ小刀をわが身に突き立てる。『午後の曳航』では、少年たちの崇拝の的であった船乗りが、夭折という真の英雄にふさわしい行為に消極的だったために彼らを幻滅させる。それゆえ少年たちは、船乗りを殺すことでその男の栄光を守る。

三島の世界（イマジネーション）では、死と愛が絡み合っていた。昭和三十六年（一九六一）に発表された『憂国』は、彼が六〇年代に青年将校の理想に捧げて書いた数編の小説、戯曲のうちの第一作である。天皇のためとあらば勇んで命を捨てる将校たちの無私な理想主義に、三島は心酔していた。小説の舞台は、失敗に終わったクーデター計画の決行された昭和十一年（一九三六）二月二十六日前後の時間に設定されている。主人公の武山中尉がクーデターの企図に加えられなかったのは、仲間の将校たちが、新婚の彼を自殺行為とも言えるこの討ち入りに巻きこむことをためらったからだ。だが武山は自分が外されたことに憤慨し、仲間に劣らず天皇のために死ぬ覚悟が出来ていることを証そうと、自裁の決意を固める。軍人の妻たることの意味を知る花嫁は、夫を思いとどまらせようとはせず、夫が切腹した後、彼女も短刀で自分の喉を突くのである。三島は、二人の自決を悲壮なものにも怖ろしいものにもするつもりはなく、それどころか武山とその花嫁は、人生最高の喜びに達したと感じる。自決の直前、夫婦は新婚の情熱で互いの肉体に歓喜し合い、若く美しいまま、深い愛と、信頼のまったき安らぎの中で、二人は死んでいく。この小説が映画化された時、三島自身が武山中尉を演じた。映画の全編を通じて流れる音楽は、ワグナーの楽劇『トリスタンとイゾルデ』終幕の「愛の死」である。

　この物語で肝要なのは、武山中尉の自裁の手段が切腹の儀式であることだ。言うまでもなく、睡眠薬の過剰摂取やビルの屋上からの跳躍では、満足のゆく結末にはならない。しかもこの切腹は、腸を晒して罪の汚名なきを証すという通常の意味を持たず、御上の命に背いた侍が仰せつかった処罰でもない。また主君——天皇——の崩御に武山中尉が殉じたのでもなく、徳の道に戻れと為政者をいさめる抗議行動でさえない。

この切腹は愛の死なのであって、愛と死が一つとなる至上の瞬間に到った、愛し合う二人の究極の行為だったのである。

武山と彼の花嫁の考え方が伝統的であったように、二人の死の形態も伝統的であった。武山中尉には一瞬のためらいも不安もなく天皇のために戦場で死ぬ覚悟があっただろう。彼の花嫁は伝統的な日本の妻であり、穏やかで上品で、夫の決断を疑わず、だが短刀で自ら喉を突く意志の強さを持っている。これが三島の心をとらえた日本、彼の美学を基礎づけた日本だった。

昭和四十二年（一九六七）、三島は『葉隠入門』を発表する。『葉隠』とは江戸中期の享保元年（一七一六）、侍の山本常朝が著した思想書である。冒頭の有名な声明、「武士道といふは、死ぬことと見つけたり」を自由に現代語訳すれば、「戦士の職分は、死の時を見極めることに在る」といったところか。三島はこの書物について、自分の文学制作全般の母体であり、作家としての活力の源泉であると語った。無論、これは誇張だが、彼が戦時中『葉隠』を読んでいたのは周知のことで、つまりその理想——侍の理想——は、兵役を回避した時でさえ決して彼の心から離れなかったのである。三島の天皇崇拝は、彼の思想の中で最も議論の余地のある側面だろうが、これも右と同じ源泉に由来するもののように思う。その天皇崇拝は、三島が生きていた時代に在位していた天皇、裕仁に向けられたものではない。むしろ、園遊会で耳にするすべての言葉に「ああ、そう」と応じる天皇を真似てみせたりしていた。短編『英霊の声』では、二・二六事件の首謀者と昭和二十年（一九四五）の神風特攻隊員の霊が、自分は神ではないと宣言して彼らを裏切った天皇を激しく責める。天皇の名の下に死んだ者たちは、天皇が普通の人間と同じ弱さを持った人間であることを、もちろん知っていたが、その天皇という資格にあっては神であると確信していた。もし、天皇が二・二六事件に関わった青年将校を支持し、しかも、彼らに自裁を命じたのだとしたら、その行為は、老いて堕落した政治家に囲まれた単なる統治者ではなく、神としてのふるまいだったであろう。しかし、神風特攻隊員が天皇の名を叫びつつ喜びに満たされて死んだ、それからわずか一年も経たずに、自分は神ではないと宣言した時、天皇は彼らの犠牲を哀れで無意味なものにしたのだ。

　三島は、天皇無謬説を唱えたことがある。無論これは天皇の人間としての能力を指した説ではない。ローマ教皇の無謬性を信ずることが、教皇の現代美術観の無条件な承認までを含むわけではないのと同様に。三島の説をより正確に語れば、天皇は神の資格において、人間の姿をした日本の伝統そのものであり、日本民族の経験が保管された唯一無二の宝庫であるということだ。天皇を守ることとは、三島にとって、日本そのものを守ることだった。このような政治観を日本の右翼と同一視するのは誤りであろう。殊に長編『奔馬』には、右翼活動の職業的従事者たちの醜い邪念に対する三島の認識が示されている。彼は確信していた。日本の景観を無慈悲に切り刻んで顧みない貪欲と、それが舶来だからというだけで事物や習慣を思慮なく受用する西洋化、この二重の脅威から日本文化の崩壊を救えるのは若者の純粋さ、すなわち信念のためには死を辞さぬ若者の覚悟だけだ、と。

　日本の伝統への三島の愛情は、彼の美学における不変の要素へと発展した。同世代の作家のほとんどが、終戦翌年の昭和二十一年（一九四六）に告示された新仮名遣いに切り換えたにもかかわらず、彼が正字と歴史的仮名遣いを維持したのは、伝統への固執の結果である。上流階級の会話をふさわしい言葉づかいで描写できない作家（太宰のような）には、軽蔑の念しか抱かなかった。伝統作法の必要条件について極めて明確な考えを持っており、そこから逸脱する者を容易に許さなかった。だが、同世代の他の作家に比して三島が最も著しく異なっていた点は、日本の古典文学を熟知し、それを自作中に活用したことであろう。

　安部公房は、伝統的な日本文学の中であなたの創作上の助けになったのはどんな作品かと問われて〝皆無〟と答えたことがある。冗談のつもりか、ただ単に質問者を驚かせたかったのか。三島なら〃全部〃と答えただろう。無論それも誤解を生みかねない答えではあるが。ともあれ彼は古典作家を自任し、着想の示唆（インスピレーション）を求めて、あるいは着想の効果を測定する反響板（サウンディング・ボード）としても、くり返し和洋の古典と向き合った。日本の古典文学を下敷にしたことが最も明白なのは『近代能楽集（きんだいのうがくしゅう）』で、中世（十五世紀）の劇作品から借用した主題を、現代の日本——洋裁店、法律事務所、精神分析医の診療室等々——に置き換えた。古典を下敷にしたこれらの作品からは、昔の戯曲で扱われた主題が今日なお妥当性を持つばかりか、能作者の用いた時間・空間の自在さは現代の舞台を豊かなものにするという三島の信念が窺（うかが）われる。また、ギリシャ悲劇に基づく戯曲をも執筆したのは、日本の伝統への彼の尊敬が、非日本的な伝統への拒絶を伴なうものではなかったことを示している。

三島の戯曲には、ギリシャの悲劇詩人エウリピデスの『メーデイア』『ヘラクレス』を翻案した二編や、ラシーヌの『フェードル』に拠（よ）って歌舞伎（かぶき）のために書いた驚くべき作品などが含まれている。これらいずれの場合も舞台としてはまったく日本的な結実をみせた。『ヘラクレス』に基づく戯曲『朱雀家（すざくけ）の滅亡（めつぼう）』は、昭和二十年の東京で空襲と敗戦に見舞われた、ある侯爵（こうしゃく）一家をめぐるドラマだが、この戯曲の典拠について知識を持たずに観劇して『ヘラクレス』を思い浮べる観客がいるとはとても思えない。それほど完全に、この作品は日本に特有の諸事情に適合している。

三島の作品中、西洋古典からの借用が最も顕著なのは小説『潮騒』の筋であろう。読者のほとんどは、この小説の主題と描写に典型的な日本を見出す筈だが、実は古代ギリシャの恋愛小説『ダフニスとクロエ』をかなり綿密に下敷にしている。三島は原作の筋書きを意識的になぞりながらも、日本では牧羊がごく稀なので、原典の主人公が羊飼いの男女であるのを、漁師の若者と海女の娘に換えざるを得なかった。三島は『潮騒』を、本質的には文体訓練の作と考え、伊勢湾に浮ぶ島の生活ぶりを描写するのに巧みに選びぬいた細部を重ねることで、少年と少女が出会うありふれた物語に新たな生命を与えたのだ。

『潮騒』はまた、当時の知識人にあまた見られた容姿容貌や態度に対する、ある種の異議を象徴していた。昭和三十年（一九五五）のある日、東京で、中尊寺のミイラの写真を見ていた三島が、そばにいた男の顔にふと目をとめた。すると突然、思いが湧きあがる。「この醜悪さに腹を立てた。知識人の顔といふのは何と醜いのだらう！知的な人間といふのは、何と見た目に醜悪だらう！」。この啓示はかなり前から彼の中に兆していたものであり、殉教者気どりの知識人の顔にしばしば見られ、三島自身にも具わっている神経過敏を、この時以来はっきりと嫌悪するようになった。己の見端についても何か思いきった手を打たねばならぬと決心するや、彼はバーベルを挙げ始めた。まるで見こみのなさそうだった材料から、ついには大いに筋骨たくましいトルソーを作りあげたほどの情熱と忍耐をそそいで。

昭和二十七年（一九五二）の短期訪問に端を発する三島のギリシャ熱愛は、彼の心を生涯はなれることなく、数多くの作品にその影響が見受けられる。このギリシャ熱と日本の伝統への愛情との間に三島は少しも矛盾を感じることがなかった。彼にとってギリシャが意味するものは、日本の作家が一般的に好む陰影とは正反対の、太陽に照らし出された景観だった。それはさらに、ギリシャの英雄が持つ単純な心、すなわち『潮騒』の若い漁師や三島がさまざまに描出した青年将校たちなど、自己不信に悩むことのない男たちに共通する特質をも意味していただろう。

三島は、和洋の古典を愛するだけでなく、その作法を自作品に多用した点でも古典派作家であった。おそらくは彼の最高の戯曲である『サド侯爵夫人』（昭和四十年＝一九六五）では、ラシーヌの戯曲から作劇の約束事を採用した。舞台となる場所は単一に設定され、限られた数の登場人物がそれぞれ特定の性格を代表し、あからさまな演技はなく、出来事と心理の描写は人物たちの長い熱弁に託された。もし、この劇の上演を翻訳――殊にフランス語訳――で観たなら、これが日本人の書いた作品であるとは思えないだろうが、それでも決して非日本的だというわけでもない。実際、苦悩し続ける侯爵夫人は、フランス人であるよりは日本人のように見える。肝要なのは、三島が欧州の文学から受けた影響の多寡ではなく、その影響を咀嚼し、芸術的価値を持つ新たな創作物へと昇華させることに、彼がどれだけ成功したか、という点にある。

三島の古典主義は、著しく非古典的な材料に基づいた作品にも現れている。彼は昭和二十五年（一九五〇）に書いた『青の時代』で、新聞でも報道された実際の事件を原型にした。この小説は事実に忠実で、法外な利率で金を貸し、逮捕され、ついには自殺した東大生の物語である。長編『宴のあと』（昭和三十五年＝一九六〇）では、落選した東京都知事候補の選挙運動の実態に肉薄しすぎた三島が私生活の侵害で訴えられ、やがて敗訴している。老練な保守派政治家だった有田八郎は、戦後、社会主義に転じて昭和三十四年の都知事選に立候補する。選挙戦に入る少し前、彼は、壮大な庭園で知られた都内の高級料亭、般若苑の女主人と結婚した。有田の新婦は五十代で、わが身と資産を選挙運動に投ずるが、この新夫人の過去が暴かれたことが、有田の敗北を助長していく。多くの読者が予め承知していたこのような背景が、事実であれ創作であれ小説の暴露的な性格を際立たせる香辛料となった。

古典主義者として三島は書き続けた。読者になじみのある題材を使い、本を開く前から読者は物語の結末を当然知っているものとして、そのおなじみの題材が実話なのか作り話なのかはともかく、彼の芸術家としての個性を吹きこんだのだ。こういった古典主義の最もみごとな作例が長編『金閣寺』(昭和三十一年＝一九五六)、名高い寺院を燃やした男の物語である。

金閣の焼失は、京都市民ばかりか、日本の伝統文化を讃美するすべての人々にとっての衝撃だった。この寺院はおおむね室町初期(十四世紀末)、足利三代将軍義満の別荘地内に建造された。他のほとんどの寺院建築が室町後期十六世紀の戦乱で破壊されたが、金閣は奇跡的に戦火を免れる。さらに、金閣寺をはじめとする有名寺院の存在ゆえに、太平洋戦争中の京都は米軍機の空襲から逃れた。このような史実に鑑みる時、終戦から五年後の昭和二十五年(一九五〇)七月二日、当の金閣の寺僧が火を放ち、この寺院を灰に帰させてしまったのは、取り返しのつかない痛恨事であった。

寺僧の林養賢を放火行為に及ばせた動機は判然としないままである。裁判で彼は、仏教の商業化に抗議するため(金閣は評判の観光名所になっていた)と述べたが、犯行を思いついた直接のきっかけは、住職に外套が欲しいと頼んだのに、着古しの上衣しか与えられなかったことに腹を立てて、という程度のものだったのではなかろうか。裁判記録も、林を知る人々の証言も、犯罪の動機を深く示唆するものではなかったが、三島は林の中に、哲学小説が必要とする主人公を見出したのである。彼は新聞記事と裁判記録を読み、さらには林を独房に訪ねた。しかしながら三島は私に、犯人との面会が既に知っていた事柄につけ加えたものは何もなかった、と語っている。

三島が事実を利用するのは、その一編の骨組みに必要となる、比較的わずかな場合に限られていた。主人公の溝口は、林と同じく、日本海沿岸のうらさびしい村の出身で、父親はこの村の小さな禅寺の住職だった。あらゆる報告（彼自身の裁判での供述を含む）によれば、林は痛ましいほどに自分の醜さを意識しており、明瞭(めいりょう)な発話を妨げる吃音(きつおん)にも苦しめられていた。これら身体上の特徴を、三島は彼の主人公にも採用した。戦争の破壊と何世紀もの時の経過に耐えぬいた、またとない美の記念物が、まるで魅力のない、ほとんど記憶に残るべくもない一人の男によって失われたという皮肉に、三島は惹かれたのかも知れない。

小説の結末、すなわち金閣の炎上は、日本人の読者なら間違いなく、三島の本を見るまでもなく承知している。あの『ダフニスとクロエ』の物語を変容させたように、よく知られた物語に新しい生命を吹きこみ、新たな意味を与えることで事実を変容させるという課題を、三島は楽しんでいたように思う。三島はここでは意識的に哲学小説を書いたのである。もちろん、登場人物たちが口にする複雑な想念、特に溝口の気むずかしい級友、柏木の発言は、小説に娯楽以上のものを求めない読者を排除しかねないと承知していたはずだが、あえて危険を冒し、そして輝かしい成功を収めた。物語の要所要所にあらわれる公案（禅問答）も、溝口が美との間に結ぶ名状しがたい愛憎も、いずれも難解さを避け得ぬものであるにもかかわらず、この本は大衆的なヒット作となり、映画化され、後にはオペラにもなった。多くの読者は、対話に意図された含意のすべてを摑(つか)めはしなかっただろうが、物語は容赦のない勢いで周知の結末たる金閣の炎上に向って突き進み、哲学的な思考などとほとんど縁のない読者さえも納得させたのである。

『金閣寺』は難しい作品だ。この小説の最も通俗な解釈は、おそらく英訳が出版された時に最初の紹介文を書いた米国人女性作家が採ったように、「溝口の病んだ心」とか「虚無的で自己破壊的な一連の行動を貫く狂気の疾走」といった表現を使う論評であろう。溝口青年の行為を客観批評するなら異議を唱える余地はないが、明らかにこの見解は三島の意図に外れている。肝心なのは、たとえ溝口が反社会的な行動をとろうと、日本建築史上最高の一大記念物を破壊するという許されざる罪を犯そうと、なお読者が溝口に共感することとなのだ。この小説は結局のところ離れ技なのであり、読者を自らの倫理観に逆らわせて、溝口にとってこの犯罪は必然だったのだと納得させせるにとどまらず、溝口青年が彼の幸福を阻(はば)んできたものをついに破壊する時、主人公と共に読み手をも解き放つのである。

小説の開巻早々、溝口は我々にこう語る。

> 私が人生で最初にぶつかつた難問は、美といふことだつたと言つても過言ではない。父は田舎の素朴な僧侶(そうりよ)で、語彙(ごゐ)も乏しく、ただ「金閣ほど美しいものは此世(このよ)にない」と私に教へた。私には自分の未知のところに、すでに美といふものが存在してゐるといふ考へに、不満と焦躁(せうさう)を覚えずにはゐられなかつた。美がたしかにそこに存在してゐるならば、私といふ存在は、美から疎外(そぐわい)されたものなのだ。

僻村(へきそん)に育ちたいした教育を受けていない少年が、こんな言葉を実際に考え表現したと認めるのは、困難であるか、むしろ不可能であろう。しかしながら、思いがけない仮面(ペルソナ)を手に入れた三島が自ら感じたところを溝口の感慨とし、金閣に火を放つという最終決断までのあらゆる段階で主人公と自分を一体化させたと想像してみるのは、はるかに容易なことである。

金閣を初めて目にした時、溝口が失望するのは、現実の金閣が、父親の賞讃したほどではなかったからだった。だが、徒弟僧になることが認められ、寺院内に暮らすようになった後、この建物に心を支配された彼は、次のように話しかける。

『金閣よ。やつとあなたのそばへ来て住むやうになつたよ』と、私は箒(はうき)の手を休めて、心に呟(つぶや)くことがあつた。『今すぐでなくてもいいから、いつかは私に親しみを示し、私にあなたの秘密を打明けてくれ。あなたの美しさは、もう少しのところではつきり見えさうでゐて、まだ見えぬ。私の心象の金閣よりも、本物のはうがはつきり美しく見えるやうにしてくれ。又もし、あなたが地上で比べるものがないほど美しいなら、何故それほど美しいのか、何故美しくあらねばならないのかを語つてくれ』

溝口の、というより、これが若き三島の祈りであるのはまぎれもないが、二人を切り離す必要はない。三島は自身と創作物とを十全に一体化させることが出来たのだから。溝口が娘を抱く時、金閣の完全なる美が眼前に現われ、並の美しさでしかない娘と彼が行為におよぶのを妨げる結果となる。この小説を読んだ三島の友人たちは、どんな美意識の持ち主であろうと、ああいう状況下で自然の欲望に屈しない男などはいないと彼をからかった。だが三島は私に、これは自分の実体験であると告白したのだ。高い教養を持った繊細な男の情緒的で美的な反応を、情け容赦なく愚か者呼ばわりされていただろう若者へと首尾よく移し換えたことで、美の認識についてかくも複雑に述べたてることがあり得ないのは明白であるにもかかわらず、それがまさしく溝口の思想と行動なのだと、読者は受け容れるのである。

美の存在、という問題に心を奪われた溝口は、自分の美の概念そのものが、己の醜さの原因だと思い始める。ひとたびこれに気づいてからの行動は、必然の運命に定められたものとなる。敵を破壊しなければならない。美の化身たる金閣は、それを誰よりも愛する者によって破壊されなければならない。

金閣寺は禅寺である。三島の一家も禅宗に縁がないではなかったが、この小説を論じるうえでの特別な意味はないだろう。禅宗だけでなく、今日、日本人の大多数は、肉親に不幸のあった直後を除けば、普段はほとんど自分の帰属する寺とつながりを持たない。

とは言うものの、溝口の父親が金閣の驚くべき美について語る冒頭から、炎の中に滅してゆく金閣を見つめつつ溝口が生きながらえようと決意する結末まで、この小説の至る所に禅仏教が姿を見せている。ある公案は都合三回あらわれ、そのつど違った解釈が与えられる。昭和二十年（一九四五）八月十五日、天皇が日本の無条件降服を公表したその日、金閣寺の老師は「南泉斬猫」として知られる公案について講話をした。これは中国のある寺の、東堂と西堂の間で争奪の対象となった仔猫の物語である。最高位の僧である南泉が仔猫を捕えて言う。誰であれ、これを殺すべきでない理由を答え得る者は、この猫の生命を救うことになるだろう、と。声をあげる者はなく、南泉は仔猫を斬り殺す。後刻、寺に戻った南泉の高弟の趙州は留守中に起きた事を知り、履を脱いで頭にのせる。これを見て南泉は、猫を救うべき理由を問うた時に趙州がいなかったことを嘆ずる。「ああ、今日おまへが居てくれたら、猫の児も助かつたものを」。

この公案に作中人物たちが与える三つの解釈のうち、二番目のもの、つまり溝口の邪悪な友人である柏木のそれは、南泉に殺された仔猫の美しさを重視しており、なるほど東西両堂が衝突したのは、仔猫の美しさ故であった。柏木が常に三島の代弁をしている訳ではないとしても、この場面での美の問題をめぐる柏木の解釈は、三島自身の独白と言えるだろう。

「……美といふものは、さうだ、何と云つたらいいか、虫歯のやうなものなんだ。

それは舌にさはり、引つかかり、痛み、自分の存在を主張する。たうとう痛みにたへられなくなつて、歯医者に抜いてもらふ。血まみれの小さな茶いろの汚れた歯を自分の掌（てのひら）にのせてみて、人はかう言はないだらうか。『これか？　こんなものだつたのか？　俺に痛みを与へ、俺にたえずその存在を思ひわづらはせ、さうして俺の内部に頑固に根を張つてゐたものは、今では死んだ物質にすぎぬ。しかしあれとこれとは本当に同じものだらうか？　もしこれがもともと俺の外部存在であつたのなら、どうして、いかなる因縁によつて、俺の内部に結びつき、俺の痛みの根源になりえたのか？　こいつの存在の根拠は何か？　その根拠は俺の内部にあつたのか？　それともそれ自体にあつたのか？　それにしても、俺から抜きとられて俺の掌の上にあるこいつは、これは絶対に別物だ。断じてあれぢやあない』
いいかね。美といふものはさういふものなのだ。だから猫を斬（き）つたことは、あたかも痛む虫歯を抜き、美を剔抉（てきけつ）したやうに見えるが、さてそれが最後の解決であつたかどうかわからない。美の根は絶たれず、たとひ猫は死んでも、猫の美しさは死んでゐないかもしれないからだ。そこでこんな解決の安易さを諷（ふう）して、趙州はその頭に履をのせた。彼はいはば、虫歯の痛みを耐へるほかに、この解決がないことを知つてゐたんだ」

この解釈も、また他の二つも、意味を追いやすいものではないので、公案が言わんとするところを正確に理解できたと納得するまでは小説を読み進める気になれないという読者は、物語の筋道を見失うおそれがある。三島は、哲学小説に本来つきもののこうした危険に気づいていたが、それを引き受けることで、金閣の炎上を、彼自身の公案にしたのだ。

三島は書き続けた。昭和四十五年十一月二十五日、世を驚かせた自決の、ほとんどその日まで。彼自身は最後の作『豊饒の海』全四巻を、三島という小説家の全財産を収めた宝庫とも言うべき自己最高の傑作だと確信していた。あらゆる点で、この大作は重要である。『源氏物語』の時代から現代まで（さらに未来さえも）の日本文学の潮流（ムード）が寓意（ぐうい）的にたどられているかのようだ。私が好きなのは第一巻『春の雪（はるのゆき）』である。二十世紀初頭の日本を扱った作品でありながら、平安時代の恋物語を思わせる流儀で書かれている。三島は創作の上で、彼にとっては正直すぎる叙情調（リリシズム）を常に避けてきたのだが、この巻では三島の小説であることを読者に忘れさせることなく、叙情が花を咲かせる。第二巻『奔馬』では、私心なく殺し、私心なく死んだ若き武人に魅せられた三島の、その極点が描かれている。第三巻『暁の寺（あかつきのてら）』の舞台は半ばタイ王国、半ば戦後の日本である。この巻で仏教が強調されたために、宗教への無知を公言して恥じることのない日本の書評家たちが、ますます論争の的になっていた筈の三島作品を黙殺して済ますに好都合な口実を与えてしまった。第三巻がいくぶん無器用に二つの異なる世界に隔てられていることは、三島自身も認めていたが、彼は日本人の信仰の背後にあったものを跡づけようとしていたのだ。これら三巻ほどの規模壮大な小説の執筆を試みる日本人作家を他に思い浮べるのは困難である。残念ながら『豊饒の海』最終巻の『天人五衰』が、性急さの徴候、さらには不注意による瑕を残しているのは、三島が己の死を予定した日をはっきり自覚しており、手もとの作品に集中することが難しくなっていたからではなかろうか。

　三島は、『豊饒の海』を連載してきた月刊誌「新潮」に月々の原稿を渡す約束の日を、自決の日に選んでいた。そんな折も折、担当の編集者から、今月は特別に一日早く頂戴できないでしょうかと電話が入った。彼は断り、まだ完成していないと告げる。これは真実ではなかった。あの年の夏、彼は私の両手の上に、先立つ章よりも先に書きあげた最終章の原稿を載せたのだ。彼はこれを「一息に」書いたと私に言った。私はその原稿をあえて読もうとはしなかった。前にあるべき部分を知らずに最終章だけを読んでも、十全な理解の妨げとなると思ったからだ。だが、それが八月に書かれた

ものであっても、三島にとっては、代表作が完成したその日に死ぬことが不可欠だったのだ。彼は原稿の最終頁（ページ）に、

「豊饒の海」完。
昭和四十五年十一月二十五日

と記した。

安部公房

初めて安部公房に会ったのは一九六四（昭和三十九）年の秋。米国クノップ社から『砂の女』英語版が刊行されるにあたって、安部はニューヨークに来ていた。彼がなぜコロンビア大学を訪ねる気になったのか、理由を思い出せないのだが、私の研究室、ケント・ホール四〇七号室に現れた日のことは、はっきり記憶している。『砂の女』を原作とする賞讃すべき映画でこの年カンヌ映画祭の審査員特別賞を獲得した監督、勅使河原宏が一緒だった。さらに、若い日本人女性が一人。彼女が通訳だと知らされ、いささか心外に感じた私は、自分には通訳など必要ないと示したくて、その女性に目をやらないように努力したことを告白する。彼女がオノ・ヨーコだったと知るのは数年後のことだ。

ちょうど昼食時だったので、三人を一一〇丁目の中華料理屋に案内した。日本から戻ったばかりだった私は時差ボケが抜けず、ぼんやりしたまま歩いていたのだろう。東大医学部卒の安部は私を注意ぶかく観察し、この男は麻薬常習者だと断定したと、親しくなってから聞かされた。そんなわけで、私たちの出会いは幸先よいものとは言い難かった。

三年後の一九六七（昭和四十二）年春。大学の長期休暇（サバティカル）を日本で過ごしていた私は、すでに親しくなっていた大江健三郎から、安部を呼んで一緒に食事をしないかと持ちかけられる。私はその提案を歓迎したが、安部は明らかにそうではなかった。食事の代りに、彼はプロボクシング観戦に出かけたのである。自分はあの夜試合をしたファイティング原田の熱烈なファンだと後になって釈明していたが、大江と私はボクシング中継をテレビで見ながら、観客席に安部はいないか——いや、黒縁の眼鏡をかけた男なら誰でも——と、むなしく探し続けた。ファイティング原田への熱狂よりも、実はニューヨークで私が彼に与えた陰気な印象こそが、会食に気を進まなくさせる理由だろうと思われた。私との再会に安部が示す抵抗を克服せんと、大江が多大な時間と努力とを費やしてくれたのだが、ひとたび再会を果してしまえば、これまた多大な分量の酒の助力もあって私たちは友人となり、それからは一九九三（平成五）年の彼の死まで、ずっと親密な関係が続いた。

初対面の頃はまだ安部の作品にはさほど馴染んでいなかった。最初に読んだのはデール・サンダースの優れた英訳による『砂の女』である。その後、日本語の原文で『他人の顔』と一九六〇年代（昭和三十五―四十四年）の短編をいくつか読んだ。六〇年代の安部は驚くべき活動期にあった。例えば一九六四年、私たちのあの悲惨な出会いの年には、重要な二つの長編『他人の顔』と『榎本武揚』を異なる雑誌に同時に連載していた。短編集とエッセイ集も上梓し、テレビドラマ『目撃者』の脚本で同年の芸術祭奨励賞を受賞している。

その二年前の一九六二（昭和三十七）年、安部は共産党から除名された。実は党員としてのこの前歴が、二年後、米国の入国査証取得の足枷となり、最終的には行動範囲と滞在期間に厳しい条件がつけられた上でようやく発給された。著作の中で共産主義思想の否認を明らかにし、さらには彼が当時のソヴィエト連邦にとっての好ましからぬ人物とされた後でさえも、米国訪問に際しては同様の制約を経験し続けた。しかしながら私と彼との交友をふり返ってみる限り、こういった事態が安部にある種の反米主義を、とりわけヴェトナムで戦争の続いていた間、日本中に広く見られた反米感情を惹起することはなかった。

安部は一匹狼だったので、いかなる政治運動ともあまり長く共同歩調をとれなかったし、教義的な方針に従った作品を書くことも出来なかった。こうした彼の独立心と視野の雄大さを、日本人――この国民は、地理的な理由こそが、人それぞれの人生を決定づける要素だと強調しがちだが――はしばしば、安部が日本という島国ではなく満州で育ったゆえのことと考えた。

安部公房は大正十三年（一九二四）、東京に生れた。彼の父は医者で、満州医科大学の教授だったが、公房誕生の時には研修のため一時的に東京にいたのである。一家は翌年、奉天に移る。安部は幼少期をそこで過し、日本人学校に通った。このような学校は日本による満州占領の産物であり、日本人がこの地に永住する意志の表れではあったが、生徒たちが教えられた公式の理念は、他の居住者に対する日本人の優越性ではなく、この国を構成する五つの民族――日本人、中国（漢）人、満州人、モンゴル人、朝鮮人――の平等で協和的な共存を目指すものだった。安部少年はその理想を信じていたが、この新しい国家の支配者を当然のごとく自任し特権的な立場を享受する日本人がいることにも気づいていたに違いない。たとえ表向きは満州永住者であっても、安部は自分が日本人であることを決して忘れなかった。安部が語った次のような話を思い出す――冬場、日本人学校の少年たちは五本指の手袋をはめたものだ。親指だけが分れた二股手袋をはめる中国人の少年らと違うところを見せたくて。二股手袋のほうがずっと暖かいにもかかわらず……。

　だが安部にとって、満州における日本人と他民族との相違点の認知などは、この大地から無意識のまま吸収したものと比べるなら、さほど重要ではなかろう。満州人になるまでもなく、彼は典型的な日本の学童とはまるで違っていた。学校で読んだ教科書は、日本国内の児童むけに編まれたもので、「わが国では、小川は澄みきって清く、山々は青い」といった記述で構成されていた。ところが満州に小川はほとんどなく、あったにしても泥の色に濁っていただろうし、山々の眺めなど見当らず、どこまでも続く埃（ほこり）だらけの草原が、かなたの砂漠へと溶けこんでいるばかりだった。教科書の「わが国」についての記述と、校舎の背後に砂丘が見えるという現実との間に横たわる矛盾は、教科書の正確さについて安部少年に疑念を抱かせることになった。この疑念が相反する感情、すなわち日本への憧憬（しょうけい）と日本からの疎外感（そがいかん）とを同時に惹起したのである。後年、日本で暮らしてからも、日本的な景観を受容することを、そういった感情が阻（はば）んでいた。いつだったか安部は私に、なぜ日本人がこれほど海を好むのか、まったく理解できないと語ったことがある。もっと重要なのは、土地——いかなる土地でも——への公然たる愛情に全体主義を感じとった彼が、愛郷的な態度に対して疑念を抱き、ひいては憎悪（ぞうお）するまでに至った点である。

長編『砂の女』では、砂丘に棲息する珍種の昆虫採集に出かけた主人公の男が、その夜宿泊するあてのないまま夕暮れ時になってしまう。男は村の組合事務所を訪ねて助けを請う。事務所の壁には「愛郷精神」と書かれた額。後に男は、土地への愛着、つまりは郷土への愛情が、永遠に砂をすくいながらもこの荒涼とした砂丘にとどまることを村人たちに決意させたのだと悟る。男が村に足を踏み入れたのは、村人たちの砂掻き作業にちょうど人手が必要になる時期だったのだ。村人たちは男を砂丘に埋もれた家に連れて行き、その家の主である女は、男を快く迎え入れる。徐々に男は、自分が囚われの身であることに気づく。食事は存分に与えられ、女もあてがわれてはいるが、砂をすくい続けることを強いられ……。小説の終盤、脱出をさまざま試みるが、ことごとく挫折する。男は、村人たちは何故こんな場所に住み続けるのかと女に訊ねる。砂があるから、と女は言う。

「砂だって?」男は、歯をくいしばったまま、顎の先で輪をかいた。「砂なんかが、なんの役に立つ? つらい目をみる以外は、一銭の足しにだってなりゃしないじゃないか!」

「いいえ、売っているんですよ。」

「売る？……そんなものを、誰に売るんだ？」

「やはり、工事場なんかでしょうねえ……コンクリートに混ぜたりするのに……」

「冗談じゃない！　こんな、塩っ気の多い砂を、セメントにまぜたりしたら、それこそ大ごとだ。第一、違反になるはずだがね、工事規則かなんかで……」

「もちろん、内緒で売っているんでしょう……運賃なんかも、半値ぐらいにして……」

「でたらめもいいとこだ！　あとで、ビルの土台や、ダムが、ぼろぼろになったりしたんじゃ、半値が只になったところで、間に合いやしないじゃないか！」

　ふと女が、咎めるような視線で、さえぎった。じっと、胸のあたりに目をすえたまま、それまでの受身な態度とは、うって変ったひややかさで、

「かまいやしないじゃないですか、そんな、他人のことなんか、どうだって！」

　それまで寡黙ながら男に同情的な人物として描かれてきた女が、この場面では死んだ子供の骨が眠っている（と彼女の言う）この土地への愛着を顕にし、その愛着の強さゆえに、どこか別の場所でこの砂が原因の死人が出ようが出まいが無頓着ですらある。満州と日本、二つの故国を持っていた安部は、どちらの国にも固執しなかった。

彼が郷愁や郷土への誇りなどを抱くとは想像するのも難しいが、失われた故国、満州を決して忘れはしなかった。満州での生活を、二十世紀の日本文学に典型的だった第一人称小説（私小説）のような形で書くことはなかったにせよ、初期の作品は大陸での経験を想起させるものであるし、彼の名声を確立させた『砂の女』が、吹きさらされた満州の砂丘にいちばん似た日本のある地域を舞台にしているのも、単なる暗合ではなかろう。

昭和十五年（一九四〇）、十六歳の安部は東京の成城高校（旧制）で学ぶために満州を離れた。成城では成績優秀で、とりわけ数学に秀でていた。高校の同窓会に出席したばかりだという彼から、級友たちは自分のことを数学の天才として記憶していたと聞かされたことがある。科学の知識も注目すべきものだった。亡くなる数年前、さる著名な物理学者と共にテレビ番組に出演した折、小説家といえども現代物理学の用語理解には苦労するはずだと決めてかかった相手が、表現を単純化して事柄を平易に伝えようとした。安部はそんな侮辱的な説明を突っぱねたので、驚いた学者氏の顔が、とんでもなく間が抜けて見えたことを思い出す。

安部の科学への嗜好は父親譲りだろうし、文学への愛情は母親から受け継いだものであろう。あの時分としては例外的に十分な教育を受けた母親は、日本の古典文学を教え、小説を上梓したことさえあった。奉天の安部家は本に溢れ、乱読家だった安部少年は、中でも海外文学を翻訳で読み漁った。

この不思議な男の数ある不思議の一つに、外国語習得能力の完全なる欠如が挙げられる。十五歳当時は中国語通訳の資格が持てるほどだったと安部は言うのだが、私は彼が中国語を一言でも発するのを聞いた例はなく、もともと何も知らないのではと疑念を抱いたほどである。中学以降継続的に学んだ筈の中国語でも英語でも、後に医学部入学の必須条件として学んだドイツ語でも、彼は外国語を忘れる天才であった。安部が米国に滞在中のこと、知性ある外国人なら誰でも英語を使えるものと信じて疑わないたぐいの人々から、しきりに英語で話しかけられた。もし私がこの人は英語を理解できないのだと彼らに告げたとしても、たちまち「もちろん理解しているよ。彼の目を見るがいいさ」と言い返されただろう。あいにく彼は、ごく単純な言い回しでさえチンプンカンプンだった。しかし、どんな時にも安部は、高い知性の持ち主と映るのだった。

この外国語習得不能とは正反対に、安部には日本語に並はずれた関心を寄せる一面があった。もちろん大概の作家は、母国語を巧みに操る己の能力に誇りを持っており、そもそも同時代人の作品にあらわれた文体上の不備を指摘しすぎる傾向がある。三島のそれは格別で、小説や戯曲の登場人物たちに、それぞれの階層にふさわしい言葉づかいをあてはめない作家を軽蔑（けいべつ）していた。だが、日本語の純粋性を維持せよと主張するにしろ、（海外からの影響の下に）関係詞節の多大な効用を支持するにしろ、ほとんどの作家は自らの言語を当然のものと考えているので、なぜ自分たちがそう話しそう書くのかということについてまで立ち止まって考えてみようとはしない。

安部は死の直前までの数年間、日本語の起源をもとめて夢中になっていた。言語学者によっては自信満々に日本語をアルタイ語族（モンゴル語、ツングース語などを含む）に分類する。またある学者は日本語とインド南部の言語との文法的な類似を指摘する。今でも日本語とアイヌ語に共通の起源を見出（みいだ）そうと試みる学者もいる。安部は、これらの学説のいずれにも与（くみ）することはなかった。言語学の諸文献を渉猟した彼は、クレオール——既存の言語同士の結合から自然発生してきた言語だが、どの一言語や語族とも直接的な親子関係にはない——に着目し、これの研究に専心した。中でもガイアナとハワイのクレオールには、日本語創造の模範（パラダイム）になり得るものとして関心を寄せていた。

さらに安部は、聴覚機能の専門家だった角田忠信（つのだただのぶ）博士の、右脳・左脳が音情報を処理する仕組みについての研究を資金面で援助していた。角田は多数の被験者——通常の日本人、初めに日本語以外の言語を習得した日系人、幼時から日本語を習得した非日系人など——に対して彼自身の考案した実験を徹底的に試みた。その結果、日本語を母語とする人々は皆、日系か否(いな)かに関わりなく、言葉、鼻歌、動物の鳴き声、音楽、種々の雑音等々に対して同一の反応を示すことを発見した。例えば彼らは、人の話し言葉と鳥の鳴き声のどちらをも左脳で聞きとるのだが、第一言語が日本語でない者は、話し言葉のみを左側の脳で処理する。これを安部は、日本語の基礎的な性質を明かす新発見であるとして興奮し、自分がなぜ大のオペラ嫌いなのかもこれで説明がつくと、おどけて証拠立てるのだった。その後、多くの学者が角田を大ぼら吹きとして非難した。当の実験を巧(うま)く行なえるのは角田ただ一人だったからだ。そのうえ別の学者ら(主に非日本人)はこの実験を、日本人が自分たちの独自性(ユニークネス)を強調したがる傾向の嘆かわしい実例であると見なしたのである。角田はこうした非難に疲れ果て、安部の支援むなしく実験を断念するに至る。

　日本語に対する安部の特別な関心は、幼少期、日本語と中国語の違いを認識したことに端を発したのか、あるいは、外国語習得能力の欠如を自分自身に納得させるための彼なりの方法だったのかも知れない(彼は外国語を流暢(りゅうちょう)に話す日本人にいつも不信を示した)。いずれにせよ一人の作家としての安部にとって、言語は極めて重要であり、自分の作品に批評家が〝観念小説（アイデア）〟のレッテルを貼（は）り、まるでその表現方法（スタイル）——言語の使い方——には大した重要性がないかのように扱う時、彼は苛立（いらだ）ちを隠そうとはしなかった。

　安部は戦争中をほとんど東京で過ごした。昭和十七年（一九四二）の、小規模ながら初めての米機空襲について聞かされた話をよく覚えている。高校の級友たちがどれほど興奮して教室の窓辺に集まり喝采（かっさい）したかを彼は語った。実のところ、私はこれを額面どおりに信じてはいない。同じく安部によれば、当時の成城高校の校長は軍国主義者たちを嫌悪する自由主義者で、この校長が好戦家として知られる詩人の高村光太郎（たかむらこうたろう）を成城の生徒たちに紹介しなければならなかった時、詩人への憎悪に燃えるあまり発話不能に陥ったというのだが、これもまた信じるには困難が伴う。小説（フィクション）作家である安部には、実際の出来事と、もし人々がもう少し自分のようであればこうなったはずだという事との区別が怪しくなる時があったのではないか。

　安部の目に映ると、事実は常に愉快だった。例えば私の記憶にある、彼がチェコスロヴァキアを去るにあたっての苦労話——オーストリア国境に近いとある村で彼の行く手を阻んだジプシー（現在ではロマと呼称することが多い）の女が断言するには、お前を私の夫にするつもりだ！　また、こちらはあまり愉快な話とは言えないものだが――ノルウェイ滞在中のあるレストランで安部にわざとぶつかってきた男が、彼をヴェトナム難民だと思い込んで侮蔑の言葉を口にしたとか……。安部がいかなる外国語も話せないことを考慮するなら、ジプシーの女もしくはノルウェイの男が実際に何か言ったとしても、安部が翻訳した時点で、それは直観ではあっても事実とは限らない。ところが安部の人生は起りそうもない出来事に満ちていたので、およそ彼が語るどんな物語でも本当らしく聞こえるのだった。

昭和十八年（一九四三）、十九歳の時に安部は東大医学部に入学した。これにより一時的に徴兵が免除されたのだが、翌年、真摯とは言えない学業態度が免除を危うくさせる。兵役の適不適を決定する身体検査を受ける日が近づいた時、彼はある友人の助けを得て、この者は結核患者である旨の診断証明書を偽造したのだ。

計略はまんまと成功し、兵役不適格を言い渡された安部は、昭和十九年、奉天へ戻ることになった。当初は自宅で開業していた父親を手伝ったが、昭和二十年八月、終戦の直前に感染症の発疹チフスが満州に広まり、これに罹患した父が病没した。安部は奉天に留まる。生計を立てるために新種のソーダ水を開発したのが大いに当って、まもなく大金が転がりこんできた。彼は銀行を信用せず、自宅の戸袋に紙幣を詰めこんでおいた。昭和二十一年の暮れに米軍の上陸用舟艇に乗るまでは、安部も他の滞留者も日本に戻れぬままだった。この引き揚げの経験は、最初の長編小説『けものたちは故郷(こきょう)をめざす』の背景を与えることになる。

他にも満州での経験は、直接に間接に、後年執筆された安部の作品に特色を与えている。中でも特別な衝撃として、作品だけでなく人生観にも影響を及ぼした経験も一つあった。それは降服後の奉天で日本の軍隊による無法行為を目(ま)の当りにしたことだった。日本の軍人が日本の一般市民に対して罪を犯すのを目撃した安部は、甚しい嫌悪感に襲われた。日本人であることを放棄したいと切望するほどの……。この嫌悪はさらに、あらゆる形の国家主義と、信仰にも似た国家への〝帰属〟意識に対する憎悪にまで成長する。後年、根なし草のような世界主義者(コスモポリタン)だと批難されることがあっても、むしろその評価を容認していた。私は一度、あなたの小説と戯曲に登場する人物に、ごく稀(まれ)にしか名前が与えられないのは何故かと訊ねたことがある（名前の代りに、母、ボクサー、婚約者、あるいは『砂の女』の場合のように、ただ男、女とだけ呼ばれる）。与えた名前が物語を煩瑣(はんさ)にするから、と彼は答えた。それ以上詳しい説明はなかったが、登場人物たちを日本人という枠で——また他のいかなる国籍でも——限定したくなかったのではないかと私は想像する。彼の戯曲が海外で上演される際には、日本人の作であると意識させないような舞台を安部自身が要望した。

安部の国際主義は、おそらく昭和二十四年（一九四九）のこと、共産党入党の決意という形で政治的に表明された。高校時代にも社会主義に惹かれたのだが、今や彼の関心は、社会主義経済学よりも、国と国、人と人を隔ててしまう国家主義という障壁の撤去を唱導する政治姿勢にこそあった。

昭和二十一年に中国大陸から日本へ戻って以来、彼は貧窮の底にいた。たとえ満州通貨の件の大金を持ち帰っていたとしても、何の役にも立たなかっただろう。しばらく身を寄せたのは、満州帰りの安部青年を自分の後継者にとまで見込んだ暴力団の親分方だったという（これも例の、安部一流の作り話の一つなのかも知れないが）。その後は空襲の焼跡のあちこちから木片を拾い集めて組み立てた粗末な仮小屋に暮らした。この頃の安部を撮った写真を見れば、ろくな食事もしていなかったことが窺える。彼から聞かされた話だが、うっかり眼鏡を割っても新たに買う金がなく、映画を観に行く時には、割れたレンズを持参して、目の前にかざしていたとか。こういった生活が、医学部でのさほど良好とは言えない勉学ぶりに寄与したのであろう。昭和二十三年、大学は出たけれど、彼に与えられた学士号には、但し決して医者を開業しないこと、という条件が付けられていた。貧弱な成績に反映された医学への情熱の欠如は、教授陣もはっきり認めるところだったのだ。

医学士号の取得は安部を喜ばせたにせよ、開業できないのだから何ら収入をもたらさなかった。ともあれ安部は、この頃までには文学に、わけても前衛(アヴァンギャルド)的な文学にますます没頭していた。卒業前年の昭和二十二年には、『無名詩集(むめいししゅう)』と題する謄写版(とうしゃばん)刷りの小冊子を自費出版している。彼と妻(この年の初めに結婚)は小冊子の束をたずさえて親類の住む北海道に向かった。少なくとも帰りの運賃を払えるくらいの部数は親類に売れるだろうと目論(もくろ)んで片道切符を買ったのだが、捕らぬ狸(たぬき)に終った——ほとんど一冊も捌(さば)けなかったのだ(今日、この小冊子は現代日本の文学作品中でも最も稀(き)少(しょう)な一冊に数えられる)。リルケの影響(彼は翻訳で読んでいた)が見えるそれらの詩は理解しやすいものではない。妻に捧(ささ)げられた詩「リンゴの実(み)」は、次のような書き出しである。

　そのリンゴの実の中で
　君も亦或(またあ)る生命を結んだのかもしれぬ
　未だ蒼(あを)ざめてゐる片頬(かたほほ)に
　幾度かよぎる影を重ねて
　或る悦(よろこ)びを熟させたのかもしれぬ

僕はそつと両手に受けた
永い間うつろな儘(まま)に
慄(おのの)きながら予感を支へてゐた
あの両手の窪(くぼ)みの中に
僕は激しい充実を受け止めた

Perhaps you too have brought forth a life
Inside the fruit of the apple.
Perhaps you have ripened a certain joy,
Multiplying again and again shadows that pass over
The cheek, still green on one side.
I softly took it into my hands.
For a long time, still empty
And trembling, I was sustaining a premonition.
In the hollow of my hands
I received an intense fulfillment.

（ドナルド・キーン訳）

その後再び詩を書くことのなかった安部は、甚だ不満足な出来ばえのこの処女作品集には、決して再刊許可を出さなかった。没後刊行の全集に収録されたこれらの詩は、彼の芸術の一端を示すものでしかないが、叙情的で夢想的な色合いを自らに許した珍しい作例ではある。時には小説の中にも詩的な表現が見られはするが、彼は本質的に散文作家であって、恋愛よりも性愛の描写に適しており、情感よりも事物について書く傾向があった。後に長編『燃えつきた地図』へと編みこまれてゆく小説『カーブの向う』の冒頭には、そんな傾向が最も極端な形で顕れている。

　そこでぼくは、ゆっくりと立ちどまる。空気のバネに押しもどされたように、立ちどまる。左足の爪先から、右足の踵にうつしかけた重心が、また逆流してきて、左の膝のあたりにずっしりと重みをかける。道の勾配がかなり急だからだ。

　道の表面は、アスファルトではなく、目の荒いコンクリートで固められ、スリップ防止の目的だろう、十センチほどの間隔で細いみぞが刻んである。しかし、歩行者のためには、さほど役に立ってくれそうにない。それに、せっかくざらつかせたコンクリートの面も、ほこりの沈澱物や、自動車のタイヤの削り屑などで、すっかり目をつぶされてしまい、雨の日にゴム底の古靴だったりしたら、さぞかし歩きにくいことだろう。これは多分、自動車のためを考慮しての舗装なのだ。十センチごとの目地の刻みも、車のためにならあんがい役に立つのかもしれない。なかば融(と)けかかった、雪やみぞれが、道路の水はけを悪くしているようなとき、水分を側溝(そっこう)に誘導してやるのにならら、かなりの効果が期待できそうである。

描写は客観的、どこかしらロブ＝グリエの新しい小説(ヌーヴォー・ロマン)に通じる雰囲気だが、安部はいかなる意味でも、平然たる現場証人ではなかった。彼の評論(エッセイ)には世界の動静に向けられた深い関心がはっきりと示されているが、小説ではその関心をあからさまに扱うことを避けた。多くの読者が彼の小説や戯曲を読む際に経験する難解さは、言葉づかいに起因するものではなく（それは、ほとんど完璧(かんぺき)なまでに明瞭(めいりょう)である）、ぎりぎりまで切り詰めて書いたと見える場合でさえ、読者がなお感取することを期待して言外に込めた意味ゆえの難解さなのである。

終戦に続く数年間の安部には、文学の執筆が生業(なりわい)となり得るものかどうか、まるで未知数だった。子供むけの物語、ラジオドラマ等々、収入をもたらすものなら何でも生産せざるを得なかった。これら初期作品は、先の詩と同じく、全集を手がけた熱心な編集者が数年前に発掘するまでは世に知られぬままだった。後年、作家としての名声を確立してからの安部が、その時その時の註文原稿を一切断ったのは、奴隷船(ガレー)を漕(こ)がされるにも似たこの頃を想起してのことではなかろうか。

そうした貧困生活は、安部の共産党入党をいっそう促進したのだろう。また共産党は国際主義を唱える政党でもあった。彼がいつ入党したのかは定かでない。米軍の占領のお蔭で日本人は誰でも自由に共産党に入党できるようになったが、党に属しているのが明白な人物を雇用側が歓迎するとは限らず、そのため党内には秘密結社めいた空気があった。入党に際して安部が、党紀の強要で知られる組織の一員になることが執筆に及ぼす影響について、さほど気にかけたとは思えない。私には、書いてもよいことと悪いことを指図されて唯々諾々(いいだくだく)としている彼を想像するのは不可能である。当時は日本共産党首脳部も〝愛すべき〟党の印象作りに躍起になっていた時期であり、作家に党是(とうぜ)の演説を強いるつもりはなかったようだが。

終戦まもない頃の安部の作品は、時には公然と左翼的ではあるが、前衛(アヴァンギャルド)的な手法の駆使に比べるなら、政治的な主張などなきに等しい。同世代の作家や知識人たちは、おそらく戦争体験の結果であろうが、マルクス主義に感化されていた。戦後文学の左傾化は、もちろん日本に限ったことではない。戦争の時代を経て世界文学に再び接するようになった戦後期日本の作家たちは、まずフランス文学に傾倒し、サルトルをはじめ重要作家の多くがマルクス主義支持者（シンパ）であることを発見した。あるいはフランスよりアメリカの文学に惹かれた日本の作家たちが関心を寄せたジョン・ドス・パソス、シンクレア・ルイス、アプトン・シンクレアもまた、皆少なくとも作家活動のどこかで左翼的な信念を表明している。何年にもわたり右翼の狂信的言動に苦しみぬいてきた日本人にとっては、左翼のほうが人道的とも見えたし、何であっても軍国主義の復活よりはよかったのである。

　日本の多くの作家が戦後と呼ばれる時期に書いた作品は、後には全く別の政治観を持つに至る作家であれ、いかなる政治姿勢とも絶縁する作家であれ、しばしば、労働階級特有の思想形態（イデオロギー）に染まっていた。あれほどの窮状を招いた戦時イデオロギーへの苦（にが）すぎる痛恨と、新生民主国家の日本は進歩的な国々と手をとり合いあまねく平等をもたらすのだという希望とを、二つながら表現しようとする作家にとって、焼き尽され貧窮の巷（ちまた）と化した東京を描出する以上にふさわしい業（わざ）があっただろうか。

　同志的な作家集団（グループ）の結成は、いわゆる戦後文学に典型的な特徴である。彼らを結びつけていた紐帯（ちゅうたい）は文学そのものよりも政治的な立場であることが一般的だったから、今日ではすっかり忘れ去られているが当時はその政治姿勢ゆえに権力を行使した作家もいた。ただし安部が所属した文学集団を構成したメンバーは作家も批評家も非凡な実力派揃いで、党お抱えの売文屋集団などではなかった。安部は昭和二十五年（一九五〇）から翌二十六年にかけて、彼の代表作となる小説のいくつかを発表しているが、そのうち『赤い繭』は戦後文学賞を、『壁―S・カルマ氏の犯罪』は作家活動を成功させる足掛りとして若手にとって最も重要な賞である芥川賞を、それぞれ獲得した。

『壁』と同じ昭和二十六年、安部は短編『闖入者』を書いた。縁もゆかりもない若者の部屋を侵略して、こうするのは君のためだと言いながら生活を支配した挙句に殺してしまう、そんな一家族の物語だ。明らかに寓意の込められた小説で、読者が闖入者を米国に、犠牲者を米国に干渉されたどこかの国の人々に同定するのは容易なことだろう。『闖入者』は安部文学の中で最初に翻訳された作品である（チェコ語）。十六年後の昭和四十二年（一九六七）には、この短編が『友達』と題する本格的な戯曲へと発展した。その頃までには彼の政治的見解はかなり変化していた（『砂の女』を出版した昭和三十七年に彼が共産党を追われたのは前述の通り）。侵入する家族は今や共産主義者であって米国ではなかった。『友達』はソヴィエトの支配圏にあったいくつかの国々の言葉に翻訳されたのだが、出版および上演が可能になるのは、はるか後年のことだ。

安部の政治観が方向を転じるのは、一九五六（昭和三十一）年、チェコスロヴァキアに招かれ作家会議に出席した頃からである。フランツ・カフカの作品を心から敬慕していた安部は、カフカの専門家だと知らされたチェコの教育相と、日本で同様の地位に就いている凡庸な男を対比してみて、このような任命を可能にさせる体制への感嘆を新たにした。ところがこれと同じ年、共産主義支配に反旗をひるがえしたハンガリーにソヴィエト連邦が加えた弾圧を、誠実なるこの男が見過ごしに出来る筈はなく、哲学としての共産主義と統治形態としての共産主義との矛盾を熟慮し始めたのは、まさにこの時であった。

さらにはモスクワでの、彼の作品のロシア語版を手掛けた女性翻訳者との邂逅が、安部の信念を変化させるもう一つの重大な要因となった。国賓として最高級のホテルに宿泊し、食堂においても（当時の一般的な観光客や他の訪問者とは違って）食事が運ばれてくるのを二時間待たねばならないこともなかった。ソ連国内のどこへ行っても格別の訪問者として敬意と友情に包まれて歓迎されるのだった。こんなふうに遇された日本の作家の大半は、恭悦深謝のあまり水面下には探りを入れようとしなかったが、安部は翻訳者女史から徐々に、少しずつソヴィエト連邦での生活が現実にはどのようなものであるかを教わった——深夜二時に叩かれる玄関の扉、理由も裁判もなく数年にわたる投獄、絶え間なしの恐怖。彼女の告発は安部に衝撃を与えたが、告げられた現実を認める以外に選択の余地はなかった。

それから数年の後、私自身が初めてソ連を訪問することになった時に、安部がその女性翻訳者の名前と住所を教えてくれた。電話連絡がとれないまま彼女の部屋（アパートメント）に行き着いた私は、玄関の呼び鈴を鳴らした。が、反応はなかった。もう一度鳴らしてみても、やはり何の応答もない。私は手帖（てちょう）の頁（ページ）を破り、その紙片に私と彼女の共通言語である日本語で私の滞在先を記していた丁度その時に、玄関の扉が突然開いた。扉の覗（のぞ）き穴から様子を観察していた彼女の夫は、私が日本語を書くのを見て、この男は警察から来たのではないとようやく了解したのだ。こんな一幕を経て安部のロシア語翻訳者女史と親しくなった私も、ソ連について多くのことを教わり、私の翻訳した『友達』英語版上梓の際には、害が及ばぬようにイニシャルだけを記して彼女への献辞としたのだった。

安部が昭和三十二年（一九五七）に発表した紀行文集『東欧を行く――ハンガリア問題の背景』は、社会主義社会が公言する目標とその目標が実践された筈の現況との矛盾に真正面から取り組んだ最初の仕事である。社会主義の理想は、それが国家の道具と化した時に堕落するのだ、というのが安部の結論だった。彼はなおも急進派（ラディカル）を自任し、また右翼の宗教裁判と名づけた蛮行が復活する危険をエッセイでくり返し警告したものの、最早いかなるイデオロギーの束縛も受けなかった。昭和四十二年（一九六七）には三島由紀夫（保守派）、川端康成（進歩派）、石川淳（急進的保守派）と共に中国の文化大革命に対する抗議声明に加わった。

こういった政治的行動が彼の文学創作を妨げた形跡はなく、むしろ羨望の的とも言うべき文学賞を小説ばかりか戯曲でも獲得している。舞台上演された彼の最初の戯曲は『制服』（昭和三十年＝一九五五）である。安部は私とのインタビューで、この戯曲を書くに至った事情を語った。執筆の動機を訊ねた私に、彼は次のように答えた。

最初は、芝居を書こうという気持は全くなかったんですよ。昭和三十年前後だったと思いますが、ある文芸雑誌に短編小説を頼まれましてね。当時、僕はきわめて売れない作家でしたから、締切りになっても原稿ができなかったら、もう二度と頼まれないのではないかという恐怖があって一所懸命書こうとしたんだけど、どうしても書けないんですよ。いよいよ締切りの前の晩になってしまい、焦っているうちに、ふっとこれは地の文を書かないで台詞だけ書いたほうがいいんじゃないかという気がした。それで、書きかけの分を全部捨てて書き直したら、三時間ぐらいで仕上った。最初の戯曲『制服』はこんな事情でできました。それがたまたま、あるプロデューサーの目にとまって、ぜひ舞台にかけたいという話になり、評判もよかったので、その後注文で戯曲も書くようになったんです。

劇作家養成の専門的な訓練など一切縁のなかった安部は、『制服』を書くまではそもそも芝居を観たことすらほとんどなかったに違いないのだが、舞台上で（あるいは放送されるドラマの中で）何が効果的であるのかを本能的に心得ていた。初めのうち彼の戯曲はプロの演出家の手に任されていたが、昭和四十八年（一九七三）、自ら進展させた演技手法に則って男優や女優を養成し、さらには彼自身の戯曲に舞台を与えるための演劇集団、安部公房スタジオを結成、その活動は以後およそ七年にわたった。彼の〝方法〟は極めて優れた効果をあげることが実証され、すでに実力も地歩もある役者数名が安部の指導に独特の効果を認めて、この演劇集団に加わった。安部は戯曲を己の表現行為の中にあって重要な位置を占める仕事と捉えていた。私とのインタビューでも次のように語っている。

（戯曲は）余技という気持ちはありませんね。やはり小説と同じくらい自分にとっては必然性のある大切なものです。ただ今の僕にとっては、いわゆる戯曲という形式にはあまりこだわりはありません。よく劇作家の場合は戯曲というところまで責任を持って、それが舞台にかけられる時には自分の責任ではない、という形が割に従来多いですね。僕の場合には戯曲と舞台の区別がほとんどありませんから、特に最近の自分の仕事の仕方は、戯曲と小説というよりも、小説と舞台表現とは自分の中ではほとんど同じ比重で重要な、どっちが欠けても困るという感じですね。

くる日もくる日もスタジオで過ごした安部は、役者たちに朝から晩まで抑揚、動作、解釈等々を指導することもしばしばだった。一日中開放されているスタジオに男優も女優も都合のよい時間を見つけては自由に立ち寄り、柔軟体操や発声その他、演技のあらゆる局面の練習に集中できるのだった。自然主義的な傾向の演劇とは対極的に、安部は動作を強調し、昭和五十一年以降は文学的ではない戯曲への関心を強めていく。昭和五十四年（一九七九）の『仔象は死んだ』では、この着想を極限まで展開し押し進めている。筋を持たず、ほとんど台詞もない代りに、観客の反応を惹起するのは役者の動作、照明、音楽の役どころである。それこそが劇場空間ならではの機能なのだ、と安部は確信していた。この年、安部スタジオ一行は日本国内に加えて米国の五つの都市でも『仔象は死んだ』を上演した。台詞に頼るところが極めて少ないため言語という障壁は事実上なきに等しく、米国の観客にも圧倒的な好評を博した。安部によれば——例によって割り引いて聞かざるを得ないと思われる話だが——公演会場前の券売所では入場券争奪の殴り合いがあったのだそうだ。帰国後の東京公演パンフレットには自身の目指すところを簡潔な声明の形で載せた。「この作品は、私が全面的に演劇活動に参加しはじめてから七年目にして到達した一つの帰結点であり、同時に出発点でもある」と書き出されるこの一文は、演劇本来の目的を侵害している文学と、その文学にすら〝意味〟が求められなくなった時代にいまだ分析可能な〝意味〟を演劇に強要する劇評家の時代錯誤を断罪するものだった。が、『仔象は死んだ』は文学的ではない演劇が未来に向かって踏み出す第一歩だと公言したにもかかわらず、これが安部の書いた事実上最後の戯曲になった。彼は作家であることに、すなわち劇場の人間であるよりも言葉の人間に戻った。台詞や筋なしで成立し得る劇の限界にまで達したと安部は認識しただろうし、実際のところ劇本来のあるべき姿というより、現代舞踏（モダン・ダンス）になりそうにさえ見えた。言うまでもなく後期の諸戯曲および戯曲に基づく映像作品一本も成功作ではあるが、その成功のためには、驚嘆すべき言葉の技量という安部の最も貴重な財産を犠牲にしなければならなかったのだ。

その後の人生に残された十四年間（昭和五十四―平成五年＝一九七九―九三）、安部は小説と時を得てのエッセイに打ち込んだ。彼はいよいよ日本人作家の標準を逸脱して編集者を狂わさんばかりの遅筆家となり、手を離す覚悟がようやく決まるまで何度となく原稿を書いては直しするのだった。昭和五十八年（一九八三）以降はワード・プロセッサーに助けられて――彼はこの利器を使用した最初の日本人作家である――原稿修正の際には原稿用紙一枚分を一行目からまるごと書き改めるという、完璧主義者たる彼の習慣は不要になったのだが、ワープロがもたらした修正の容易さは以前にもましていつまでも表現をいじり続ける結果を招いていたかも知れない。この十四年間に完成させた小説はわずかに二作、『方舟さくら丸』と『カンガルー・ノート』だけだった。いずれも一般的な成功を得るには至らなかったが、私見ながら『カンガルー・ノート』は安部の主要作の一つとして実を結んでいる。

小説に娯楽以上のものを求めない人々や通勤に要する二時間をなるべく気楽に過ごしたい郊外居住者などには大して好まれなかったとはいえ、安部作品は堅実な信奉者を摑んでおり、新作が刊行されれば少くとも十万部が売れた。前衛小説の売上げとしては驚異的な数字である。だが内容が難解になるにつれて、名声ある安部公房の作品だからと本を買うような読者の多くは一冊をなかなか最後まで読み通せなくなり、批評家たちも、この作者は新たな実験のためならば『砂の女』や『他人の顔』の持ち味だった読みやすい叙述方法まで放棄したと惜しむようになる。安部は自分の小説を、世界の文学において、ある一潮流（トレンド）の日本代表としか見なされないものにはすまいと、決意を固めていたのだ。むしろ彼自身が潮流を作り出そうと欲してさえいた。たとえそれが、未来のしかるべき時が来るまでは自分の作品が完全には理解されないことを意味していたとしても。私が何気なく、『カンガルー・ノート』（奇病にかかった男が主人公の物語で、男の脛（すね）からはカイワレ大根が発芽する）を大いに味読したことを、この小説が連載された「新潮」誌の編集者に言った途端、小誌にぜひ書評を、と懇願された。私以外に誰も褒（ほ）めなかったからだ。安部との友情が、大半の批評家たちよりも私の理解を深めてくれたのだろう。ユーモアに満ちあふれたこの長編は、死について、それも安部自身の死についての小説なのである。

安部はいつも並はずれて頑健そうで、年齢よりも若々しく見えた。はかり知れないほどの時間を原稿に没頭して過ごしても、書斎に籠（こも）って隔離状態のまま執筆する作家の印象はまるでなかった。車を愛し、ことさら運転（ドライヴ）を楽しんだのは、とても運転どころではない多忙の時だった。一九八六（昭和六十一）年、第十回国際発明家展がニューヨークで開催された時には、飛行機のエンジンからレーザー顕微鏡まで、あらゆる発明家が競い合う中で、安部が考案した着脱が容易にできるタイヤ・チェーンが銅メダルに輝いた。

写真家としても極めて有能であることは、コロンビア大学と東京での個展が証明した通りである。自然美や人々の相貌などといった通常の被写体には興味を向けなかった彼の写真は、かなりの頻度で、転変の果てに正体をさらけ出した孤独な遺物に焦点を合わせている。一九七八（昭和五十三）年、ミルウォーキーでの『友達』上演に際し同地に到着した安部は、この市で何を見たいかと訊ねられた。「ごみ捨て場を」と彼は答えた。人々はこれを冗談、もしくはミルウォーキーを茶化した寸評と受け取っただろうが、文字通りの意味で言ったのだと私は確信する。ミシガン湖畔の絵のような風景や美術館よりも、ごみの山のほうがミルウォーキーの日常生活について多くを語るだろう。日本国内の撮影では、閉山後の炭鉱で残骸を写した一連のものと、大阪万博の晴れやかな会場を憂鬱げに車椅子を押して通り過ぎてゆく一家族の姿を収めた一枚に、私はとりわけ深い感動を覚えた。

最晩年の安部は、絶え間なく病気と闘っていた。絶対に秘密だが僕は癌なんだ、と私は打ち明けられた。健康状態がよくないことを人に知られるのを嫌い、死を怖れてもいただろう。今や立派な医者になっていた医学部の同級生たちは彼を救おうと可能な限りのあらゆる治療を試みたが、おそらくは、その治療のために彼は極端なまでに年をとり、歩くというより、よろよろ進むのだった。まことに痛ましい光景だったが、ひとたび喫茶店の席に落ち着けば、愉快にふざけ合ういつもの安部がそこにいた。ユーモアの才能、中でも尋常ならざる反語法(アイロニー)が、私の知るどの日本の作家からも彼を際(きわ)立(だ)たせた。安部は私が何を言おうと、まるで当り障(さわ)りのない事柄でさえ、決して賛同しないのである。暑いですねと私が言えば、一年のうちのこの時期にしては例年になく涼しいのだと統計的に反証し、物価高に言及すると、物価の継続的な下降傾向を論証しようとした。病気にもかかわらず、いつものように鋭敏で愉快な男だった安部は、死のほんの直前まで執筆を続けていたようだ。遺(のこ)されたワード・プロセッサーの中から見つかった数編の未完原稿は、いずれも興味深く、安部ならではのものだった。

安部と私は二人の交友を満喫し合った。私が科学に関するごく基本的な事実にさえ底なしの無知であることを知る度に彼は呆(あき)れて頭(かぶり)を振り、あなたにとって未知なる領域は日本のいかなる中学生にもありふれた事項だと言い放つのだった。ただし作品をめぐる論議となれば、私の意見を常に重んじてくれた。彼の要望に応じていくつかの小説の推薦文や、既存の作品が文庫版になる際につきものの説明的な論評、いわゆる〝解説〟を書いた。また安部と私との一連の対話は『反劇的人間(はんげきてきにんげん)』と題する一冊にまとめられた。私たちの友情のこうした記録を目にする時、自分の名前が彼の名前と共にあることを誇りに思う。と同時に悲しくてならない。安部という風変りで驚嘆に値するあの友人は、もう私と同じ世界にいないのだから。

司馬遼太郎

司馬遼太郎に初めて会ったのがいつだったか、明確な記憶はない。ことによると、私が京都大学に留学中で、一方の司馬は産経新聞京都支局で記者として働いていた、昭和二十八年（一九五三）から三十年の間のことだろうか。京都では外国人留学生がまだ珍しい時代だったので、日本の印象を求める軽いインタビューを受けることがあり、はっきり覚えている記者もいるのだが、司馬がそんな記者の一人だったとしても不思議ではない。

当時、どんな新聞記者の口からも必ず出たのは、どうしてまた日本語など学ぶ気になったのですか、京都の生活はひどく不便じゃありませんか、という質問だった。記者はいつも外国人から日本への批判的な意見を何としてでも引き出そうとするのだが、おそらく思い通りに進まなかった取材内容の埋め合せに、箸と格闘する外国人の写真を、これまた何としてでも撮影しようと試みたものである。たとえ司馬が、外国人に対するそういった典型的な態度で私に接したとしても——いや、そんな筈はない——正直なところ、私にはその頃の司馬についての記憶はまったくないのだ。もし会っていれば、すでに最も目立つ特徴となっていたはずの、あの白髪の印象だけでも覚えていると思う。

司馬についての実際の記憶は、昭和四十六年（一九七一）に行なわれた「対談」に始まる。ある日、親しくしていた中央公論社の編集者から電話があり、素晴しい企画があるのだが、内密にしてくれと言う。口外するなと念を押されて、相手の話に普段とは違う緊張を感じたが、その企画が、司馬と私の対談——日本の出版界の常套手段——だと知らされて、私は閉口した。司馬の著作は一冊も読んだことがないどころか、どういった分野が専門なのかも知らないと言うしかなく、対談は無理だと丁重にお断りした。

編集者は落胆していたが、数日後に再び電話で、極めて多忙な司馬が私との対談に乗り気であるばかりか、私が彼の著作を読んでいないと知っても、なお読むには及ばないと、あらためて強調していると報せてきた。これほど寛大に歩み寄られては、対談を断わるのは不可能だった。司馬が提示してきた条件はただ一つ、予定される三回の対談とも関西を離れずに行なうことだけである。私は喜んで承諾した。

私たちが最初に会ったのは、奈良からさほど遠からぬ平城京跡で、当時、発掘されたばかりだった。案内役の人が地面に二つ並んだ石を指差し、お役所の礎石だった可能性があります、とか、あちらに石が集まっているあたりは寺院の跡かも知れません、などと話し続けている。こういった解説は二十分もしたら忘れてしまうと相場が決まっているが、それでも我慢して聴きながら、時折、私はこっそり司馬に目をやっていた。あの白髪は若々しい顔を対照的に引き立て、好ましい威厳を彼に与えているように見えた。話してみると、彼の口調は実に好意的で、他の日本人の多くが私との初対面時に見せる様子とは違い、自分の日本語が私に通じているかと案ずる素振りはまったく見せなかった。

平城京跡の見学を終えた私たちは、奈良市内に準備されていた対談場所に移動する。食事をしながら二時間ほど語り合った、そのすべてが速記に書きとられ、同時にテープにも録音された。この日の対談が終って近くの宿の一室に入る頃には、一方の話者である自分がまるで役立たずであったと痛感して、私はすっかり気落ちしてしまった。実際のところ、「もちろんです」とか「そうなんですか?」といった相槌を時おり打った以外には、自分が司馬に語った言葉を何ひとつ思い出せなかったからだ。司馬は自在に話を繰り広げ、豊潤な語彙に託して繰り出す知識の厖大さに、私は圧倒された。彼の示してくる新説の一つに何か返す言葉を、と考える間もなく次なる知識の大波に呑みこまれて、勝負にならなかった。

ほどなく、対談が筆記録になったものを仔細に読むと、あの時は緊張が過ぎて自分がどんな発言をしたのか一つも思い出せなかったが、実際にはかなり喋っていたと判った。さらに司馬が、私の知識が活かせそうな事柄にむけて思いやり深く話を進め、何度となく発言の機会を作ってくれていたことにも、その時初めて気がついた。私は彼の知識の幅広さに畏縮するあまり、このような心づかいにまで気が回らなかったのだが、以後、たびたび経験することになる司馬の心づかいの、これが最初だった。

三回の対談をまとめた『日本人と日本文化』と題する一冊には司馬が前書きを寄せ、対談以前の彼と私の共通項は、唯一、先の大戦での軍務体験であり、二人は「戦友」だった、と書いた。「戦友」とはまた突拍子もない表現である。そもそも、私たちは敵味方に別れていたのだし、お互いを見かけたことさえなかったではないか。しかし、司馬は正しかった。私たちはあの悲惨な戦争の体験を分かち合っており、その体験こそが司馬をも私をも変えたのだから。彼の言う通り、私の場合は戦争があったから日本語を学び、それが生涯の仕事となり、司馬と友人になることも出来た。司馬の場合、この対談の時には言及しなかったが、戦争は、その原因となった国家主義への憎悪を心のどこかに植えつけた。私たちの戦時体験は完全に異なっていたが、あの時代の体験が二人を巡り合わせたのである。

私は司馬に惹きつけられるのを感じていた気がする——三回のうち二回目までの対談は明らかに緊張を強いられたが——彼には私の恩師、角田柳作先生をどことなく思わせるところがあったからだ。外見上、先生と司馬とはまるで似ておらず、まったく違う世代に属していた。さらに相違点をあげれば、日本の歴史や宗教への関心の示し方も決して似ているわけではなかった。しかし二人は共に、歴史上の事件の中で何が本当に重要であり、何が本当に記憶に値するかを探究していた。ありのままの事実だけでは物事の理解に十分ではないと気づいた時には、二人は共に、直観に頼った。それは危険な指標だが、時には直観にも敢えて従ってみるだけの価値があるものだ。直観に依存した著作は重大な欠陥を含みかねないが、単なる事実の堆積よりさらに興味深く、ことによると、いっそうの真実味を含む場合もあろう。

最初の対談は、編集者が大まかに立てた案に沿って始まったが、司馬と私が何を語り合うかについては特別の注文もなく、ある話題が別の話題を誘うように移り続けた。彼の発する論評や質問を聞いてすぐに気づいたのだが、自分の本を読むなと禁じておきながら、彼自身は私の本の何冊かを読む労を惜しまず、それゆえ、どんな話題に私が最も関心を寄せそうかを心得ていた。三つの対談（第一回は奈良、第二回は京都、第三回は大阪）にもとづく『日本人と日本文化』は昭和四十七年（一九七二）五月に出版された。対談は、次のように始まる。

司馬　きょうは奈良にまいりまして、ごいっしょに平城宮址を見たわけですが、当時（平城遷都は和銅三年、七一〇年）の日本といえば、わずかに水田があって、他に生産物がほとんどなく、いわば草っ原と雑木林だけの経済的に貧しい日本で、よくあれだけ大きな都を造ったものだという感じですね。しかしその目的といえば、いまでいえば万国博みたいなものでしょうな。

キーン　まあ、おそらくそうだったでしょうね。日本で初めてできた大きな寺は四天王寺（聖徳太子によって、五九三年、摂津玉造の岸に創建された）ですが、これは外国人——この場合は中国人でしょう——を接待するためのものだったと思います。日本にも文化があるのだ、日本もこんな立派な寺を持っているのだ、そういうことを先進国の人たちに見せるために建てたものだろうと思うのですが、平城京の場合でも、そういう意味が大いにあったのではないですか。もしも日本にそれがなければ、野蛮国だとか後進国だとか思われるんじゃないかと心配したのでしょう。同じ意味で、日本にも歴史があるのだ、日本にも文学があるのだという強い観念から、『日本書紀』とか『万葉集』とか、漢詩集の『懐風藻』などが同じころにできたのだと思います。

今、この会話やその後のやりとりを読み直して気づくのは、私にとって特に関心の深い事柄を論じ合えるように、司馬が仕向けてくれていることだ。自国が国外からどう見られているかを気にしがちな日本人についてというテーマは、私のような非日本人が大いに興味を持ちそうな話題である。司馬も、数世紀にわたる幾多の日本人の、先進諸国から敬意を得んと積み重ねた努力を考えていたに違いない。その努力は、平城京が造営された八世紀だけではなく、明治の王政復古以降の十九世紀にも、さらには私たちが対談を行なった時点の日本にも、同じく当てはまることなのである。

速記者によって記録された私の言葉は、自分自身としても驚くべきものだった。名高い三つの大作が八世紀に編纂されたのは、日本が文明国であることを証明しようとする欲求によるのだ、といった説を、この対談以前の私が考えたとは、とても思えない。あるいは、そんな話をはるか昔に角田先生から聞いていたのか。それとも、司馬の言葉に刺激を受けて、思わず口を衝いて出たものだったのか。日本の編集者が面識のない者同士を対談させようとする場合、一方の発言が、他方の意識の底で眠ったまま埋もれていた想念を発掘することを常に期待している。四十年が経過した今、この対談を読むと、私は自分の大胆さに驚きつつ、司馬が私にそのような所見を述べる機会を与えてくれたことを嬉しく思う。

司馬とのこの出会いからほぼ二十年が経ったころ、同じ出版社が日本の近世（徳川時代）を専門的に扱う双書を刊行するのに先立ち、関連企画として鼎談が準備された。司馬と私に加えて、批評家で劇作家の山崎正和も出席した。鼎談場所は一力。大石内蔵助が、彼の主君を辱めた宿敵への仇討ちを密かに計画しながら遊び興じたとされる、京都祇園の名高いお茶屋である。通常なら、しかるべき紹介のある客だけしか入ることの出来ない料亭に自分がいるのかと思うと興奮したが、鼎談がまさに始まろうとした時、司馬が「徳川時代は好きではない」と言うのを聞いて、私はうろたえた。山崎は、自分も好きではない、と言った。この鼎談の目的は、双書の潜在的な購読者に徳川時代への興味を抱かせることにあるのだから、幸先のよいすべり出しではなかった。私は自分が感服し、専攻した作家——殊に近松と芭蕉——のことを語り、一人この時代の弁護に回った。だが鼎談は失敗に終り、腕ききの編集者でさえ、雑誌に掲載するに足る内容を見つけ出すのに苦労する結果となった。

　私はその後、なぜ司馬が徳川時代をあれほど辛辣(しんらつ)に語ったのかを不思議に思っていた。ふと気づいたのは、徳川幕府の成立直前の時期と、幕府が揺らぎまさに崩壊せんとしていた時期については広範に執筆している司馬が、二百年以上に及んだ徳川の泰平の時代については何も書いていないということだ。作家には、戦争や変革に比べて平和の時代は退屈なのかも知れないが、彼が徳川の泰平を書かなかった最大の理由は、政権の安定を維持するために幕府が日本国民に強要した抑圧的な生活を嫌悪したからだと思う。あの時代を生きた優れた作家や芸術家の中には、徳川の世に適応することが出来ず、世捨て人や変り者、あるいは遊興の巷(ちまた)の常連として、社会の外辺に生きる者がいた。そんな時世から遠く隔たった今、私たちは当時の抑圧的な特徴を忘れて、芭蕉の俳句や近松の芝居、歌麿(うたまろ)や写楽(しゃらく)の版画を楽しむことが出来、これらの作品が生み出された世相を案ずることはない。しかしながら、司馬にとって徳川時代を最も特徴づけるものは芸術や文学ではなく、自由の欠如と世界からの隔絶であり、すなわち人間精神への圧迫が刻印された時代だった。

　司馬の好悪(こうお)は、時に間接的な形で示された。『街道(かいどう)をゆく』は、司馬が訪ね歩いた国内各地、海外各国の紀行集である。どこに行っても何か賞讃に値するものを見出(みいだ)した彼の、海外での賞讃の対象の選び方には、しばしば、日本への遠廻しの批判が現れていた。私が特に思い出すのは『バスクとそのひとびと』、フランスとスペインにまたがるバスク地方の紀行だ。日本人がバスク民族に特別の興味を持つのは、十六世紀に来日したスペイン、ポルトガルの宣教師の中で最も名高い聖フランシスコ・ザビエルがバスク人であったからで、さらに司馬は、日本文化に貢献したもう一人のバスク人、ソーヴール・カンドウ師（一八九七―一九五五）の名を挙げ、並はずれて流暢に日本語を使いこなすカンドウ神父を、日本の恩人と呼んで讃えた。大正十四年（一九二五）に来日し、第二次大戦中を除いて没するまで日本で過ごしたカンドウは、日本語で著作をあらわし――その文体に司馬は感嘆した――羅和辞典も編集した。

いずれにせよ、バスク語も日本語も他の諸言語と何ら関連がない、故にバスク語と日本語は相互に関連があるに違いないとする珍説が云々される以外には、日本人の論議の対象となることも稀なバスク民族に、司馬がこれほどの関心を寄せたのは驚くべきことである。

バスク民族への司馬の興味は、固有の言語と古代からの文化を保ちながら、自身の国家は持たないという事実によって喚起されたものだった。近年の悲劇的な事件は、人々が国家のない状態に決して満足していたわけではないことを知らせてはいるが、近代世界の災禍の淵源(えんげん)であった国家主義を必要とせずに、人々の独自性と文化が存続し得る可能性に、司馬は惹かれたのである。もちろん彼は、バスク過激派が完全な独立を獲得しようとしてテロ行為に及んだことを承知していたが、バスク民族とその文化が、やがては国家主義に陥るほかない政治的独立への希求を持たずに何とか存続してくれないものかと切望していたように思う。この願いは、彼の人道主義を示すものであり、国と国、文化と文化を戦わせずにおかない国家主義への深い嫌悪を例証している。他の作家をめったに褒めない安部公房が、バスクに関する司馬のこの叙述に一貫する姿勢には感銘を受けたが、それは間違いなく安部もまた国家主義を世界平和への最大の障害だと考えていたからだ。

あるいはカンドウを知ったことが、司馬にバスク民族への興味を抱かせるきっかけとなったのかも知れない。彼はカンドウを讃えて、次のように書く。

S・カンドウは神父であり神学者であり、かつ哲学者でもあったが、それ以上にすぐれた〝日本人〟でもあった。一九二五年に日本に上陸して以来、多くの非信徒からもつよい敬愛をうけ、日本人と日本文化を愛し、さらには高度の内容と上質のユーモアをもつ完全な日本語文章を書き、さらにいえばやわらかくて透きとおった魂のもちぬしであった……。

カンドウは日本人である、とユーモアのつもりで述べたとは思えない。むしろ司馬は、外国人であっても日本語を完璧（かんぺき）に話し、日本文化を愛するのであれば、顔立ちがどうあれ日本人として受け入れるべきだと信じていたのだと思う。それはカンドウに限らず、日本人として受け入れられたいと願うすべての非日本人に敷衍（ふえん）し得ることであり、そのような〝新日本人〟が増えれば増えるほど、単一で同質の日本民族という迷信が国家主義的な偏見を広めるのを抑止できるのでは、と望んでいたに違いない。

司馬は、大阪府が創設した山片蟠桃（やまがたばんとう）賞の主唱者の一人だった。賞の趣旨は、日本研究に人生を捧（ささ）げた外国人学者の業績に、日本側からの謝意を表すことにある。私は昭和五十七年（一九八二）に、第一回の受賞者となった。他の学者でなく、なぜ私が選ばれたのかはともかく、私に何度となく多大な心づかいを示してくれた司馬が、この授賞決定にも関わっていたと確信している。

同じく昭和五十七年のこと、司馬と私は朝日新聞主催のあるシンポジウムに参加した。会の終了後、参加者全員が料亭に移り、豪勢な食事と豊富な日本酒をふるまわれた。私は朝日新聞の社長とほど遠からぬ席にいた。と、ふだんより呑んでいるように見えた司馬が、部屋の反対側の席からこちらに近づいて来て、かなりの大声で「朝日新聞はよろしくない！」と社長に言った。誰もが驚いて彼を見る。続けて言うには、「明治時代の朝日もよろしくなかったが、夏目漱石（なつめそうせき）を雇うことで、よい新聞になった。今日の朝日をよい新聞にする唯一の道は、ドナルド・キーンを雇うことである」。

　全員が笑い声をあげ、この発言も酔余のことと受け流されたが、一週間ばかりが経ったころ、驚いたことに朝日新聞から客員編集委員としての仕事を委嘱されたのである。私は引き受け、こうして朝日との十年におよぶ円滑な提携が始まった。言うまでもなく、私は司馬への感謝の気持ちでいっぱいだったが、偉大なる小説家の夏目漱石と私を関連づけた司馬の期待に応（こた）えるには、どんな仕事で朝日に貢献したものかと困惑していた。やがて徐々に分かってきたのは、司馬は私が傑出した記事を書くことより、むしろ私がそこに存在することが、新聞の国際性を質的に高めるのを望んでいたということだ。朝日の社員は当然、自分たちの新聞に誇りがあり、世界の動きを伝えてくる多数の特派員が国際情勢には十全に対処していると自負していたが、ただ朝日には、日本在住の外国人記者は一人もいなかったのだ。

　ある時、司馬は私に、あなたが朝日の社員食堂で食事をしたら、朝日の社員に好影響を与えるだろう、食事中の社員たちは、外国人であっても日本人同様にこの組織の一員たる同僚がいるのだと痛感する筈だ、と言ったことがある。それで二、三度、社員食堂で食事をしてみたが、正直言って、この行為からは効果的な結果は何ら得られなかった。朝日の社員はみな好意的だったし、客員編集委員をつとめる間に四つの連載を書いた私は紙面に貢献したとは思うのだが、私の存在が朝日をより国際的にしたとは――また逆効果だったとも――思えない。たった一人の人間が大組織に影響を及ぼし得ると期待したのは、いかにも司馬らしい。もし私が朝日の別分野の記者たちと政治や経済について論議できるほどの立場であったなら、私に国際性の仲介者であることを願った司馬の期待に、もっと応えられたかも知れないが。

ある意味では、司馬がこれほど日本の国際化を熱望したのは、妙なことだった。作家、エッセイストとしての絶大な人気は、彼が国際性を唱導した結果ではなく、敗戦と伝統的価値の断絶という二つながらの挫折に呆然としていた日本人に、自国の歴史と偉大な先人たちは誇るべきものであると改めて確信させる才能によってもたらされたものだから。この成功の背景には、小説を装いながら作者の歴史観を呈示するという、長きにわたる日本の伝統があった。

歴史小説への日本人の愛好は、少なくとも平安時代（十一世紀）に書かれた『栄花物語』にまで遡る。この長尺でとりとめのない作品が物語るのは、単に歴史の骨格

──生没や盛衰など──だけではなく、そこには折々に創作された詩歌や、何より興味深いことには国政を司る歴史上の要人たちの私的な会話、しかもいかなる年代記作者も傍聴できる筈のない場所で交わされたものまでが記述されているのだ。その少し後に書かれた『大鏡』は、二人の過度に老齢の男──百九十歳と百八十歳──の、遥か昔の出来事への追懐と共に開巻する。二人が語る逸話のほとんどは文学的な興味を感じさせるものの、語り手の極端な年齢はともあれ、描写された内容が両者には見聞の可能性のないものであるなら、歴史としてまともに扱うことは出来ない。いずれにしても、未詳の作者の意図は本質的に文学的なものであり、『大鏡』の記述中で、史実と見なし得る記憶すべき出来事は、ほんのわずかである。

日本の文学史上もっとも叙事詩に近い『平家物語』は、平安末期（十二世紀末）に起きた平家と源氏の争闘を、芸術的に再創造した作品である。この物語は大筋において、他の文献でも確認できる史実の順序を追って進行するが、数えきれないほどの対話と、さらには作者の空想の産物以外ではあり得ない、登場人物たちの語らざる思いまでが含まれている。通常、琵琶法師が琵琶の伴奏とともに朗唱したこの物語は、何世代もの法師たちが語り継ぐうちに原文はふくらみ、元々は誰が誰を殺したというだけの記録でしかなかったかも知れないものが、ついには主要な文学作品にまでなったのだ。

司馬の歴史小説もどちらかと言えば、こういった進展を引き継いでいる。彼はまず膨大な資料を集め、主題を決めた物語の背景となる事情にすっかり精通するまで注意深く読みこんだ。しかし、ひとたび執筆に入り、ある場面で登場人物たちが何を考え何を言ったかを表現するのに直観が必要となれば、直観に頼ることをためらわなかった。こうして出来あがった作品は、彼が情報源とした文献からはまったく想像を超えた刺激に満ち、結果として、著作は確実にベストセラーになった。日本人の読者は司馬の小説に、効果的な語り口の佳編(かへん)を読む感動のみならず、自分たちの過去を甦(よみがえ)らせる喜びをも見出すのだ。読者のそういった傾向は、司馬が小説を書き始めた時期にとりわけ顕著で、それは日本の伝統が完全に放棄されていた、でなければ髷物(まげもの)映画の幼稚な空想に貶(おとし)められていた時代である。

司馬が過去から復活させたのは、架空の登場人物ではない。ただ読者にはほとんど知られていなかった実在の人間たちと、彼らが生きた時代のドラマに、司馬は新たな生命を吹き込んだのだ。彼は日本人に、自国の歴史が武勇伝ばかりで構成されているわけではないことを気づかせた。彼の描く主人公たちは知性と理想をあわせ持ち、たとえ刀を抜くにしても、それは単純に剣術の腕前を誇示するためではない面々だった。

司馬の名をお気に入りの作家として挙げる読者の中には、なぜ彼の作品が海外で知られていないのかと不満を抱き続けてきた人たちもいる。彼らは時に、外国人が異国情緒を好み、川端の小説などに見られる儚げな表現を通じて日本を捉えたがるのが、この司馬軽視の原因だと結論づける。川端や谷崎の作品より現代日本人にはずっと緊密なものである司馬の小説の感動が、外国人に伝わらないのが不思議でならないのだ。

しかしながら、司馬作品の最も熱烈な日本人崇拝者にしても、ノーベル賞候補としてその名を挙げることはまずなかったし、当然のことながらスウェーデン・アカデミーは、英訳された作品のない作家について、わずかな例外を除けば、聞き及ぶこともなかった。紛れもない批評眼の持ち主を含む多くの日本人が、司馬は大作家であると確信し、その作品が海外に紹介されていないことを残念がってはいたのだが、彼の著作は現代日本文学の代表的傑作選に加えられることも、純文学系統の批評家によって論じられることもなかった。こうしたことが、司馬の小説に対する海外の研究者の関心に水を差したきらいもあった。

日本の一般大衆の司馬への崇拝は、いまだ衰えてはいない。日本では作家の没後、その作品への興味は著しく減退しがちだが、司馬にはこの傾向は当てはまらない。平成八年（一九九六）に彼が亡くなってすぐ、多数の書店がその作品を並べる特別の売り場を設けた。この手の売り場は、この時はじめて創案されたものではなく、著名な作家が没したり、ノーベル賞を獲得したりすれば、全くいつもながらの迅速さで設置される。通常、特設売り場は数週間後、その作家への時事的な関心が薄れた頃には姿を消すのだが、司馬の場合、そんな売り場が書店に常設となった観がある。出版社は彼の本を増刷するだけでは飽き足りず、司馬による、または司馬についての〝新しい〟作品を創出しようと躍起になって、著作の中からその人生哲学を抜粋したり、友人知己による心温まる回想を書物にまとめたりしている。

司馬の小説やエッセイに対する崇拝は、司馬その人への崇拝と深い関わりがある。彼は、現代日本人が心に抱く、この時代の英雄像そのものだった。他の典型的な英雄の大方とは違って、司馬は謙虚さを失わず、自身や自作を決して喧伝せず、生涯たゆむことなく、日本という国の本質を把捉しようと努めた。司馬の著作は日本の読者に、自らの背後にある歴史を再発見する満足を与えたのだが、彼らにとっては、その発見者が他でもない司馬であるということもまた重要だった。彼の小説はしばしば脱線して、自ら「余談になるが……」と断っているほどだが、たとえ物語が筋道から逸脱しても、その脱線が司馬自身についての何かを、あるいは、ある出来事から彼が記憶をたぐって何を連想したかを読者に伝えるので、脱線は歓迎された。まさに司馬は、自著の登場人物でもあったのである。

しかしながら外国人読者の大半は、司馬の人となりにはさほど関心もなく、脱線も特にありがたいとは思わないだろう。その作品が良い編集者の恩恵に与(あずか)っていないことにさえ気づくだろう。たとえば文章の反復は珍しいことではないし、一方で小説の冒頭で読者が知っておくべき事情が終盤になるまで明かされないこともあり、それも、ほんの何気なく書かれるに過ぎない。これらの瑕(きず)——もし、そうだとするならば——は、非日本人の読者を困惑させたり苛立(いらだ)たせたりするだろうが、司馬の活気ある散文体に心動かされ、作家としての彼に信服している日本人読者を悩ませることはないのである。

司馬の作品が海外諸国では知られていないことに不平を訴えてきた日本人たちは、日本政府の後援による翻訳が着手された時には、もちろん喜んだ。しかしながら、最初の翻訳作がようやく発表されてみると、書評のほとんどが否定的なものだった。これは、翻訳の落ち度ではない。*Drunk as a Lord*（酔(よ)って候(そうろう)）の標題で出版されたアイリーン加藤による四つの中編の翻訳はとりわけ賞讃すべきもので、あらゆる点で原文の良さを伝えている。司馬の著作の海外での評価を妨げる最大の障害は、彼の歴史小説の登場人物に期待されるものが、日本人と非日本人の読者とでは異なることにあるだろう。例えば、非日本人の読者にとっては、いかに傑出した知性と業績で評判が高い大名でも、常習の酔漢で、時には酒杯も持てずに嘔吐のし放題と描写されていては、共感し敬意を払うことは難しい。逆に日本の読者は、大名のこういった特徴を、残念ではあるが罪のない欠陥と見なし、極めて人間的な弱点を持つ山内容堂に、むしろ親近感を抱くかも知れない。しかし嘔吐する主人公には不慣れな西洋の読者は、山内容堂に嫌悪を感じかねないのである。また、司馬が明らかに高く評価している最後の将軍、徳川慶喜について、旅先でその夜の宿に落ち着くが早いか女郎を呼ぶのを常としたとわざわざ書かれているのを読めば、たとえそれが当時の日本人にとっては全く容認された行為だったとしても、西洋の読者の中には眉をひそめる人もいるだろう。司馬の真骨頂は、読者受けを狙って容堂像や慶喜像を曲げて描いたりはしなかったことであり、また、平安末（十二世紀）の暴君、平清盛に日本の後進性を嘆かせたりするような、日本では大概の歴史小説家が常套的に使う時代錯誤に陥らなかったことではあるのだが。

司馬の歴史小説を翻訳する者にとっての課題は、原文の理解をさらに越えて、それを十分に意の通じる英語に置き換えることである。彼の小説には、日本人ならごく普通に知っている名称や慣習でも、西洋の読者を困惑させるものが含まれがちだ。訳文中にそっと説明を加えるべきか？　それとも脚注のほうがよいか？　あるいは読者の推量にそのまま委ねるべきか？　そして文章の反復は剪定されるべきか？

　おそらく『韃靼疾風録』（昭和六十二年＝一九八七）のような、物語の大半が十七世紀の満州を舞台に展開される、想像力を駆使した作品のほうが、同時期の日本の歴史を描写する作品よりも翻訳しやすいだろう。外国を舞台にしたために、叙述される人物や出来事についての読者の知識を見込むわけにはゆかず、司馬はそれゆえ満州人の諸慣習に解説を加え、わずか数十万人の民族が、巨大な国土とおびただしい数の国民を擁する明朝の中華帝国を、どのようにして征服し得たのかを詳述した。大阪外語大でモンゴル語を学んだ司馬の中央アジアの言語に関する知識が、この小説に説得力のある真実味を与えているが、物語の構想は基本的に司馬自身の創作である。

　この作品が翻訳されれば、過去の日本を扱った小説よりも成功するのではなかろうか。しかし、血湧き肉躍る展開にもかかわらず、司馬の歴史小説に特別な魅力を与えている、日本民族の特質に関する啓示的な言及を一つも含まない『韃靼疾風録』が、日本の一般大衆の人気作になることはなさそうだ。

　司馬の全作品を通じて、非日本人の鑑賞を困難にしている第一の要素は、その文体である。司馬の鮮烈な書きぶりは、作家活動の当初から読者を惹きつけてきた。この文体の特質は、いかなる熟練の翻訳をもってしても、大部分は伝達不可能である。もちろん文体というものは、どんな作品でも翻訳の過程で極めて失われやすい要素ではあるが、通常、大衆的な歴史小説に、あれほど質の高い文体を期待することはない。司馬の小説に輝かしい成功をもたらしたあの文体を翻訳者が十全に自分の血肉としないかぎり、彼の小説の絶大なる人気は、非日本人にとっては謎のまま残るに違いない。

しかしながら、司馬の小説の海外での評価をめぐる最大の問題点は、日本人がなくてはならぬと感じる叙述内容が、外国人には必ずしもそうではないことである。日本人であれば司馬の作品を読むうちに何度となく「これぞ日本人たることだ」といった感情を抱くだろう。日本にはもはや侍は存在しないが、侍の理想は、侍とは異なる環境に育った日本人でさえ普通に理解可能で、例えば司馬が長編『峠』（昭和四十三年＝一九六八）に描いた、秀でた手腕と開かれた視野を持つ侍、河井継之助が、明治政府に抗して武器をとれば惨敗と死が待つのみと知りつつ、なぜなお立ち向かうかを、日本人なら納得する。もちろん、知ろうと努めれば非日本人にも、なぜ司馬の小説の登場人物たちが日本人読者の心を摑むのかは認識できる。しかしそれは、即座の認知と同一のものではない。

私は司馬の著作を高く評価しているが、小説家としてよりも、素晴しい人間としての司馬が、私の記憶の中では、よりはっきりと生きている。私のこういう見解は、作品に全身全霊を捧げていた彼をがっかりさせるだろうが、成功した作家を発見することより、司馬のような人物を見出すことのほうが、よっぽど稀少なのだ。彼は立派な人間であった。それは単に、間違いをおかさない、といった月並みなことではない。愛国的な熱意からではなく、歴史を通じた冷静な認識によって、日本とは、日本人とはと問い続けた。彼は、その著作だけでなく、人となりによっても、国民全体を鼓舞したのである。

日本の行く末については悲観的になりがちではあったが、それでも司馬は、市井の最も平凡な人々の人生さえもが賞讃に値するものなのだと説いて、日本人を慰撫し、勇気を与えた。『ひとびとの跫音』（昭和五十六年＝一九八一）の、憐れみを誘う主人公、正岡忠三郎は、偉大な詩人である正岡子規の養子だったが、詩の才能とは無縁で、まるで散文的な生涯を送った人だ。いつもなら歴史の転換期に積極的な役割を演じた者たちを自作の登場人物に選ぶ司馬が、そうではなく、歴史には名を残さなかった或る男をめぐって忘れがたい小説（それも全二巻もの分量の）を書いたのだ。

『街道をゆく』の、世界各地への旅を描いた諸編にも示されているように、司馬はどこに出かけても人々に興味を持ったが、彼の心が日本から離れることはなかった。思うに、司馬が自分自身を語ったとするなら、古代ローマの喜劇作家テレンティウスの言葉をもじって「私は日本人である。日本人に関することなら何であろうと私に無関係ではない」と言ったことだろう。こうした姿勢は、彼の著書に日本人読者から並はずれた人気をもたらし、また、その理由を非日本人読者がしばしば理解できなかったことの原因ともなったのではないか。

こんな状況も、今後、より多くの翻訳が出版されれば改まるかも知れない。私が彼ほどの英雄と親しくなれたのは稀有な恩恵だったが、いつの日か、日本ばかりではなく世界中の人々が、その著書を通じて司馬その人を発見することを願っている。

私が本書で論じてきた五人の作家たちの作品に、未来の批評家や読者がどんな評価を与えるかを予知するのは困難だ。しかしながら私にとっては、それぞれに極めて独特の作品を書いた五人が、日本のみならず世界中で記憶され読み継がれてゆくであろうと予測せずにいることも、また困難なのである。

解説　同時代を生きたよろこび

尾崎真理子

その名との出会い

ドナルド・キーンという名前を、日本人が知るようになったのはいつ頃からだろう。個人的な記憶をたどれば、それは一九六〇年代後半ということになる。なぜならその頃、父の机に並んでいた本の背表紙の中に、八歳か九歳だった私にも読めるカタカナのその名があったのを、はっきり覚えているから。書名は思い出せない。著作リストから推し量ると、おそらく吉田健一訳『日本の文学』(筑摩書房)ではなかったかと思う。

一九六八年の秋、川端康成のノーベル文学賞受賞というニュースが両親を感激させた記憶も一緒によみがえってくる。母は「今頃になって、恥ずかしい」と言いわけしながら、『雪国』の薄い文庫本を近くの本屋で買ってきた。アメリカのホームドラマをよく見ていた私が、翻訳という仕事があるのを知ったのもその頃。ウォルト・ディズニー本人が解説者として登場する吹き替え版の、まだ白黒画面の番組も、楽しみにしていた。おそらくドナルドダックの仲間のような感覚で、キーン氏の名も印象に残ったのだろう。失礼なたとえだが、つまり、それくらい小さい頃から、私はこの人の名を知っていた。

一九七〇年十一月二十五日。三島由紀夫と「楯の会」のメンバーが、陸上自衛隊市ヶ谷駐屯地で起こした事件も、テレビの画面や大人たちの動揺した様子と共に思い出す。この頃になると、活字好きの日本人ならば、三島や川端と親しいこの外国人に興味を持つ人々が増えていただろう。三島事件の衝撃は世の中に長く尾を引いたが、中学生になった私は、次第に文学の世界へ積極的に踏み入り始めた。当時は多くの家で「文藝春秋」や「中央公論」を定期購読していて、家にあったそれらの誌面で、司馬遼太郎ら昭和の文化人と共に、座談会やインタビュー記事に登場する背広姿のキーン氏を写真で知るようにもなった。

そして八〇年代。私は成人して読売新聞の記者になり、朝日新聞には何年も『百代の過客』とその続編が連載されていたから、おのずと熱心な読者になった。この頃にはもう、氏を知らぬ日本人を探すのは難しくなっていたのではないか。

そのようなわけで、一九九二年、念願の文化部に入って文芸担当となり、文学賞のパーティなどでご本人をお見かけし、やがて取材の機会を得られた時の感慨というのは、それなりに大きかった。以来、もう四半世紀が経つ。この機会にキーン氏から直接受け取った言葉を、その時々の記事やメモなどから振り返ってみたい。新たな著作が出版された際や文学賞の受賞といったニュースにまつわる取材が多かったが、氏以外では成立し難い、日本文化の本質にかかわる凝縮した知見を、本当に何度も、親切に、惜しげなく分け与えられてきた——。

日本の美意識

わび、さび、幽玄、余情……。古来、日本人が四季の中で培ってきた有形無形の「美」は、どれほど現代に息づいているのだろう。まずは愚直に、それを尋ねてみたかった。九〇年代、キーン氏の『日本人の美意識』（中央公論社）はロングセラーになっていて、何を読んでも理解の及ばなかったこの難題を、九八年秋、ようやく訪れた長いインタビューの機会におずおずと差し出した。川端康成のノーベル賞受賞講演「美しい日本の私」から、ちょうど三十年経っていた。すると氏は、「当時、先生の住まわれる北鎌倉と東京を結ぶ電車の沿線を眺め、その〝美しさ〟に私は首をかしげたものです。見るべきもの以外は見なくてもいい、というのが川端さんの真意だったのでしょう」。この時、氏はユーモラスに、いくぶん皮肉交じりに、穏やかな美しい日本語で語り始めた。そして、十九世紀のジャポニスムは浮世絵や漆器などについての、あくまで西洋の視点からの評価だったのに対し、二十世紀後半、すなわち第二次大戦後の現代は、文学や思想など日本の精神そのものの真価が知られるようになったのだと、概説した。

古典芸能や映画や演劇についても、海外での理解も評価も高まっていると氏は語った。それでも文学の翻訳については最も壁が高く、そのために古事記、万葉集、芭蕉を解説し、自らが翻訳した現代小説の選集を作り、「とにかく私は何でも手がけました。いわば宣教師として、日本文化という宗教を海外に広めたい一心で。目指したのは、まず日本語の美しさそのものを伝えることでした」。次第に話には熱がこもった。

この時、十八巻に及んだ『日本文学の歴史』というとてつもない大仕事を、独力で成し遂げた妖気（ようき）のようなエネルギーを感じた。裡（うち）にみなぎるものは青年のままであり、雑誌連載中だった『明治天皇』について、「『天皇』の翻訳抜きには、この国の本質を紹介したことにならない」と、七十六歳の氏は目を輝かせた。初めて訪れた旧古河庭園を見下ろす東京・北区のマンションの部屋には、書籍や陶磁器、音響装置などがほどよく配されていた。ベランダの鉢植えにじょうろで水を撒く姿は、わび住まいに憩う上品な日本のご隠居、そのものでもあった。

二〇〇一年。上下巻の『明治天皇』（新潮社）が上梓されるとたちまち大変な話題となり、評論家の佐伯彰一氏にその評価について新聞の文化欄への寄稿を依頼した。伝記の傑作が寥々たるこの国の文学史を振り返った上で佐伯氏は、〈キーン氏によるこの「天皇伝」の離れ業は、そうした日本人のとかく余りに主観的、抒情的という弱点の根深さをも照らし出してくれる〉と賛辞を贈った。

『明治天皇』が毎日出版文化賞に決まり、〇二年の年初、あらためて取材に出かけた。すると、「初めてですよ、こんなに私の本が話題になったのは！」「六年間勉強して、これほど楽しい勉強もなかった」と喜びを表しながら、すでに氏の気持ちは次の作品、『足利義政』へと移っていて、再び日本人の美意識についての話となった。

「茶の湯、墨絵、それを飾る床の間など室内の様式や、料理などを含め、現代に続く日本の生活文化が定まったのはすべて室町時代、十五世紀後半です。この控えめな気品に満ちた様式は、主に四つの要素――暗示、簡素、不均整、無常から構成されていると私はとらえています。吉田兼好や歌僧の正徹が発見したのが暗示で、ここから鑑賞者の想像力によって、無限の美が広がる。簡素というのは、それだけ物の本質が現れ、まさに鑑賞者の目が問われる。お能はこれらが結晶した芸術ですね」

「無常とは、言いかえれば滅び易さであり、おそらくもっとも日本人に特有の美意識でしょう。西洋は芸術の不滅と均衡を好みますが、日本人は滅びと破綻（はたん）、不均衡がないと魅力を感じない。はかなく滅びるものにこそ愛情と悲しみの情を注ぐ。この思いの背後には中国から伝わった禅宗の影響がありますが、それがうつろい易いこの国の自然とあいまって、日本人のわびとさびの根本になったと思うのです」

一人で聞いているのが本当にもったいなくなるような講義を、この時は思いがけず、丁寧に受けたと記憶している。そして、「私は残念ながら無宗教ですけれど、何か決して死なないものが私の中にあると、どこかで信じています。季節が必ずめぐり来るように、人間の魂も生まれ変わる、どこかで再生するという、日本人の自然に対する、ほとんど宗教的といっていい思いには、深く共感を覚えます」。この時、「日本はすでに外国ではないし、自分を外国人だとも思わない」「この部屋の近くのお寺に墓を建ててもいい……」。そのような心境も語っていた。

同年の秋、キーン氏は文化功労者に選ばれ、翌〇三年にはニューヨークのコロンビア大学内に「ドナルド・キーン財団」が発足する。東京でも設立を祝う宴席が設けられ、文化庁長官を務めていた河合隼雄氏をはじめ、丸谷才一、山崎正和、庄司薫、徳岡孝夫氏ら百人以上が一堂に会した。平成の時代、あれほどの人々が参集し、親しく喜び合う個人の会をあまり思い出せない。

深まる日本への思い

二〇〇〇年代になり、八〇代を迎えたこの頃から、キーン氏も人生の総決算を意識され始めたようだった。私も新聞社でデスクに就き、連載の企画を進める立場となっていた。そこで、戦後六十年にわたって日米の文化交流の結節点となった生涯を回想してもらうという、自伝の執筆を思い切って依頼した。それが〇六年一月から毎週、読売新聞に連載された『私と20世紀のクロニクル』(角地幸男訳、中央公論新社)。後に『ドナルド・キーン自伝』と改題された作品である。

連載終了後、氏より半世紀以上も遅く生まれた作家の平野啓一郎氏と対談をお願いした。その際、平野氏は海軍の情報士官だったキーン氏が、日本人の捕虜収容所にこっそり蓄音機を持ち込み、ベートーヴェンの交響曲第三番「エロイカ」を聴かせたという作中の挿話を挙げて、「国家が戦争をし合っている場所でたまたま出会った青年と青年が、今後の人生について話し合っている。その光景は忘れがたい」と感動を語った。自伝的な著作はすでに一九八〇年前後に何冊か書かれていたものの、以後の年月で厚みを増した新たな自伝によって、二十一世紀を生きる世代にも氏の人生の基盤を成す戦争体験が伝わったのを実感し、こちらも嬉しかった。大戦前、大半の欧米人は日本に『源氏物語』があり、近松門左衛門が、谷崎潤一郎がいることをまだ知らなかった。それらの名作を伝え、川端康成、三島由紀夫、安部公房、大江健三郎、司馬遼太郎氏らの価値をいち早く世界に発信したのも、元をただせば、すべてはドナルド・キーンという、戦争を機に日本語を学んだたった一人の人間の、直観と努力だったのだ。

この度、文庫化された『思い出の作家たち　谷崎・川端・三島・安部・司馬』は、これまで何度か書かれたそれぞれの作家についての解説や評論を、丁寧に統合した決定稿である。大部ではないが、各氏との個人的な体験談を披露していたかと思うと、いつのまにか容赦なく人間の個性、文学の核心に迫る批評になっていて、決して軽い読みものではない。『細雪』は〈ほとんどすべてが実際に起こったままだと断言した〉という谷崎潤一郎。〈絶対に秘密だが僕は癌なんだ〉と打ち明けてきた安部公房。いずれも文学史に関わる証言である。かと思うと、〈司馬の全作品を通じて、非日本人の鑑賞を困難にしている第一の要素は、その文体である〉と言い切っている。この冷静さもドナルド・キーンという学者の魅力なのである。

二〇一一年三月十一日。日本は東日本大震災と福島第一原子力発電所の事故という、近代史上、未曽有（みぞう）の大災害、大事故に見舞われる。その直後、キーン氏が発した「日本人になりたい」という決意ほど、被災地の人々、誇りを失いかけていた私たち日本人を励まし、奮い立たせた行為はない。氏は翌四月にニューヨークで、コロンビア大学での最終講義を前に、新聞やテレビの取材に積極的に応じてこう語った。

「災難を前に、日本国民と共に何かをしたいと思った。自分が日本人と同じように感じているのを行動で示したかった」

「日本国籍を取得して、これまで示せなかった日本への感謝を伝えたい」

それは先に触れたように、長い間かけて出された決断であっただろう。が、日本を深く理解し、愛していた氏だからこそ、この時期にあえて表明されたのでもあっただろう。この時から、ドナルド・キーンというアメリカ生まれの日本文化研究者は、学識も権威も超越し、すべての日本人にとっての恩人になった。被災地の人々はとりわけ親近感を持った。「復興」をテーマに、世界遺産として登録されたばかりの岩手県平泉町の中尊寺で、同い年の瀬戸内寂聴さんとの対談を企画したのは、震災の年の十月。この時、キーンさんは国籍取得の決断について、あらためてこう述べた。

「意識的に勇気を与えようとしたのではありません。第二次大戦末期、詩人の高見順は上野駅で静かに順番を待つ人々を見て、私はこの人たちと一緒に生きたい、一緒に死にたい、と日記に書いた。私も大震災で同じ気持ちになりました。家族を失い家を流されても、じっと耐え忍ぶ東北の人々の姿を見て、日本人になりたいと思ったのです」

　日本への帰化が正式にかなったのは、二〇一二年の春。それからも昨年六月の誕生会まで、毎年、「私ほど幸せな人間はいません」と陽気な笑顔で謝辞を述べる姿に接することができた。が、昨年秋口から体調を崩して入院生活となり、終戦の年の冬に見たという明け方の薄紅色の富士山の話を、年末に見舞った折に交わしたのが最後になってしまった。

　養子に迎えた誠己（せいき）氏から献身的な介護を受け、平成も残りわずかとなった二月二十四日、ドナルド・キーン氏、九十六年の生涯が閉じられた。荼毘（だび）に付される前、お顔を拝見すると、ブロンドの睫毛（まつげ）の先まで透き通るように美しく、高い鼻梁（びりょう）はたしかに西洋の人のものではあったけれど、もはやこの世のどこの国の人でもないように思われた。

今はただ、感謝の気持ちがあふれてくるばかりだ。大きな喪失感が、このあと押し寄せてくるのだろう。

（二〇一九年三月、読売新聞編集委員）

（本稿は「別冊太陽　ドナルド・キーン　日本の伝統文化を想う」所収のエッセーを改稿したものです）

この作品は平成一七年新潮社より刊行された。
なお底本は『ドナルド・キーン著作集　第四巻』とした。

新潮文庫最新刊

上橋菜穂子著
精霊の木
環境破壊で地球が滅び、人類が移住した星で、過去と現在が交叉し浮かび上がる真実とは――「守り人」シリーズ著者のデビュー作！

河野裕著
きみの世界に、青が鳴る
これは僕と彼女の物語だ。だから選ばなければいけない。成長するとは、大人になるとは、何なのかを。心を穿つ青春ミステリ、完結。

佐藤多佳子著
明るい夜に出かけて
山本周五郎賞受賞
深夜ラジオ、コンビニバイト、人に言えないトラブル……夜の中で彷徨う若者たちの孤独と繋がりを暖かく描いた、青春小説の傑作！

久間十義著
禁じられたメス
指導医とのあやまちが、東子を奈落の底に突き落とす。病気腎移植問題、東日本大震災を背景に運命に翻弄される女医を描く傑作長編。

東川篤哉著
かがやき荘西荻探偵局
謎解きときどきぐだぐだ酒宴（男不要!!）。西荻窪のシェアハウスで暮らす金欠アラサー女子三人組の推理が心地よいミステリー。

奥田亜希子著
五つ星をつけてよ
レビューを見なければ、何も選べない――。恵美は母のホームヘルパー・依田の悪評を耳にするが。誰かの評価に揺れる心を描く六編。

思い出の作家たち
谷崎・川端・三島・安部・司馬

新潮文庫　き－30－5

令和元年五月一日発行

著者　ドナルド・キーン
訳者　松宮史朗
発行者　佐藤隆信
発行所　株式会社新潮社
郵便番号　一六二―八七一一
東京都新宿区矢来町七一
電話　編集部（〇三）三二六六―五四四〇
読者係（〇三）三二六六―五一一一
https://www.shinchosha.co.jp

価格はカバーに表示してあります。

乱丁・落丁本は、ご面倒ですが小社読者係宛ご送付ください。送料小社負担にてお取替えいたします。

印刷・大日本印刷株式会社　製本・加藤製本株式会社

ISBN978-4-10-131355-9 C0195